나에게 나를 물어봅니다

나에게
나를
물어봅니다

임재성 · 이미영 지음

프롬북스
frombooks

내 마음속 보물찾기를 시작합니다

그야말로 자욱한 안개 속에서 어디로 가야 할지 갈팡질팡하고 있는 요즘입니다. 그렇잖아도 치열한 경쟁사회에서 살아남기 위해, 경제적으로 자립하기 위해 싸워야 할 것들이 많은데 코로나19 때문에 한 치 앞도 예측할 수 없는 팬데믹Pandemic 상황까지 겪고 있습니다.

그러다보니 많은 사람들이 불안과 두려움에 허우적대고 있습니다. 극심한 우울로 자아를 잃어버린 사람이 많아졌습니다. 작은 일에도 신경질을 내며 분노를 표출합니다. 자신의 미래를 예측할 수 없는 상황에서 모두가 힘겨운 사투를 벌이고 있습니다. 이런 불투명한 현실에서 우리는 어떻게 해야 의미 있는 선택을 하며 나아갈 수 있을까요?

가장 좋은 방법은 환경이 바뀌는 것일 겁니다. 코로나19가 말끔히 해결되고 소망을 품을 수 있는 여건이 되면 힘차게 한 걸음 내딛을 수 있을 겁니다. 그러나 이런 상황을 기대하기는 어렵습니다. 앞으로는 더 치열한 경쟁과 더 강력한 변이바이러스들이 우리의 삶을 위협할 것이기 때문입니다. 외부에서 답을 찾는 것은 현명한 선택이 아닌 듯합니다.

그렇다면 답은 정해져 있습니다. 자신의 내면에서 자욱한 안개를 헤치고 나아갈 방법과 비책을 찾아야 합니다. 이미 내 안에 그 답이 숨겨져 있었던 것이죠. 어릴 적 소풍 가서 두근거리는 마음으로 보물찾기를 했던 것처럼 자기 내면에서 숨겨진 보물을 찾아야 합니다. 그 보물을 찾게 되면 인생의 어떤 장애물 앞에서도 당당히 도전하고 넘어보겠다는 의지로 전진하게 될 테니까요. 이 책을 우리 내면에 숨겨진 보물을 찾도록 도와주는 지도책이라고 보면 좋겠습니다.

이 책은 필자의 경험담과 더불어 인문고전 작가들의 메시지가 어우러져 보물을 찾을 수 있도록 돕고 있습니다. 필자 자신이 "인생을 이렇게 살면 의미 있는 결과를 만들 수 있습니다"라고 자신 있게 말할 처지는 못 됩니다. 다만 누군가에게는 보물을 찾는 단서가 될 수도 있겠다는 생각에 용기를 내어 펜을 들었습니다. 평범한 사람의 삶 속에서 답을 찾기 어렵다면 이미 인생의 성숙과 성장을 경험한 저명한 사람들의 이야기에서 지혜를 발견해보길 권합니다.

삶의 변화는 거대한 담론이 아닌 아주 작은 생각과 마음에서 시작되는 경우가 많습니다. 이 책에서 나누는 소소한 이야기와 메시지를 흘려보내기보다는 단 하나라도 자신의 것으로 만드는 훈련이 필요합니다. 이런 작은 실천들이 인생의 밑그림이 되고 결국 자신이 원하는 명작을 완성하는 토대가 될 테니까요.

이 책이 특별한 의미가 있는 것은 아내와 함께 작업해서입니다. 글을 전혀 쓰지 못하는 전자계산학과 학도가 인문학적 글쓰기와 강연을 하는 사람으로 변화할 수 있었던 데는 아내의 공이 컸습니다. 국어교육학과를 나온 아내의 감성과 전자계산학을 공부한 공학도의 이성이 조화를 이루어 이 책이 탄생했습니다. 아내에게 감사의 마음을 전합니다. 그리고 사랑합니다. 앞으로도 함께 누군가의 삶에 선한 파장을 일으키는 책을 만들어가길 기대합니다.

임재성

차 례

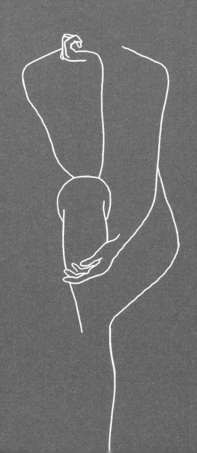

이정표를 확인하셨나요?

　인생길을 걷다 보면 안개가 자욱이 끼어 눈앞이 보이지 않을 때를 만나게 됩니다. 사람마다 그 시기가 다르겠지만 저는 20대를 심한 내적 갈등과 고민 속에서 보냈습니다. 하는 일에 대한 확신은 터무니없이 부족했고 명확한 답을 내놓지 못하니 늘 물음표를 달고 살아야 했습니다. 갈피를 잡지 못해 방황하던 시절이 엊그제 같은데 어느덧 쉰이 되었습니다. 그런데 요즘 청춘들도 나와 다르지 않을 것 같아 마음이 아픕니다.

　앞길이 보이지 않을 때는 잠시 멈추어도 됩니다. 그렇지 않고 무작정 길을 찾다 보면 원하지 않은 방향으로 갈 수도 있기 때문이죠. 삶의 이정표가 보일 때까지 숨 고르기를 하다 보면 자신이 나아가야 할 길이 보일 수 있습니다.

　어디로 가야 할지 모른 채 나서는 길은 약간의 설렘을 동반합니다.

낯선 길에 대한 호기심과 막연한 기대감으로요. 하지만 그 길의 끝을 모르면 어느 순간 두려움이 찾아옵니다. 걱정과 불안이 엄습해옵니다. '그냥 한번 가보는 거야. 뭐든 있겠지?'라는 생각이 모험심 있고 열정적으로 보일 수도 있습니다. 그러나 아무리 열정으로 가득 차 있다 해도 어디로 가야 할지 모르는 상황에서는 아무 소용없는 강점이겠죠.

전쟁을 할 때 적을 혼란스럽게 만들어 역공을 노리는 전략이 있습니다. 내부를 혼란스럽게 만들거나 배신자를 심어 현명한 결정을 내릴 수 없도록 만드는 것입니다. 진군해야 하는 병사들은 오락가락하는 지휘자 때문에 불안감을 느끼게 될 겁니다. 제아무리 많은 병사가 있어도 대오가 흐트러진 군대는 순식간에 오합지졸이 되고 맙니다. 그 틈을 이용해 적을 섬멸하는 것이 혼수모어混水摸魚(물을 탁하게 한 후에 물고기를 잡는다)의 병법입니다. 혼수모어의 특징은 해답을 찾는 시선을 외부 요건이 아니라 내부 문제에 둔다는 것입니다.

전쟁터 같은 삶에서 방향감각을 잃으면 낭패를 보기 쉽습니다. 인생이 기쁨보다 불안과 초조함, 조급함으로 얼룩져 있기 때문입니다. 그러니 끊임없이 내가 서 있는 위치를 확인하고 앞으로 나아갈 방향을 점검해야 합니다.

파울로 코엘료의 『연금술사』는 자아를 찾아 떠나는 청년 산티아고의 이야기을 들려줍니다. 그 모습이 인생길에서 어디로 가야 할지 고민하는 우리와 매우 닮았습니다. 젊은 산티아고에게 인생 경험이 많은 한 노인이 말했습니다.

"그것은 자네가 항상 이루기를 소망해오던 바로 그것일세. 우리 각자는 젊음의 초입에서 자아의 신화가 무엇인지 알게 되지. 그 시절에는 모든 것이 분명하고 모든 것이 가능해 보여. 그래서 젊은이들은 그 모두를 꿈꾸고 소망하기를 주저하지 않는다네. 하지만 시간이 지남에 따라 알 수 없는 어떤 힘이 그 신화의 실현이 불가능함을 깨닫게 해주지."

자아를 찾아 길을 떠난 산티아고는 길마다 '표지'를 발견합니다. 파올로 코엘료는 '표지'라는 단어를 통해 산티아고에게 자신이 나아갈 삶의 방향을 알려주는 단서를 제공합니다.

"난 어떻게 미래를 짐작할 수 있을까? 그건 현재의 표지들 덕분이지. 비밀은 바로 현재에 있네. 현재에 주의를 기울이면 현재를 더욱 나아지게 할 수 있지. 현재가 좋아지면 그다음에 다가오는 날들도 마찬가지로 좋아지는 것이고."

파올로 코엘료는 표지의 의미를 이렇게도 말합니다.

"그대의 마음에 귀를 기울이게. 그대의 마음이 모든 것을 알 테니. 그대의 마음은 만물의 정기에서 태어났고, 언젠가는 만물의 정기 속으로 되돌아갈 것이니."

코엘료가 '표지'를 통해 전하고 싶었던 것은 현재의 삶과 자기 내면을 잘 관찰하라는 것이었습니다. 앞으로 나아가기 위한 첫 번째 열쇠는 외부가 아닌 내면에 숨겨져 있기 때문입니다.

자욱한 안개 속에서 길을 걷는 것처럼 인생의 방향을 정한다는 게 참 어렵습니다. 이럴 때일수록 지금 내 마음이 어디를 가리키고 있는지, 무엇을 말하는지 내면의 소리에 귀 기울이는 노력이 필요합니다.

표 지 판

표지판이 일러준 대로 따라가면
쉽게 길을 찾을 수 있습니다.
두렵지도 않습니다.
비교적 안전하게 원하는 길을 갈 수 있지요.
언제 어느 때까지 도달할 수 있겠다는
예측도 가능합니다.

그런데 그 표지가
자신의 것이 아닐 수도 있습니다.
누군가 그려놓은 표지를
자신의 것이라고 착각하는 것을 말합니다.

누군가 제시해준 표지판을 무턱대고 따라가다 보면
자신이 원하는 삶을 살 수 없어요.
안전하고 예측할 수는 있어도
어느 순간
'내가 왜 이 길을 가고 있는 거지?'라고 의문에 빠지게 되죠.

표지판보다 더 중요한 것은
자기 마음에 새겨진 나침반을 따라가는 것입니다.
내 마음의 나침반은 지금 어디를 향해 있나요?

시작이 두렵다면

출발점에서 다짐하고 또 다짐합니다. 야심차게 마음을 다잡습니다. 계획도 차분하게 마련합니다. 바라는 것들이 이루어진 모습을 생각하면 입가에 미소가 저절로 번집니다.

하지만 새로운 길에 들어서서 얼마 걷지 않았는데도 이내 순탄치 않다는 것을 느낍니다. 반복되는 실패로 좌절을 경험하죠. 그러다 보니 어느 순간 '어차피 또 안 될 텐데?'라는 생각으로 계획조차 세우기를 망설입니다. 하지 말아야 할 핑곗거리는 어디서 그렇게 많이 나오는지 자신도 놀랄 때가 많습니다. 매번 실천하지 못하는 자신을 질책하고 때로는 위로하기까지 하지요.

이 과정이 나쁜 것만은 아닙니다. 계획을 실천하지 못해도, 하다가 포기해도 계획하고 시도하는 노력이 더 나은 나를 만드는 단초가 되기 때문입니다.

남아프리카공화국의 넬슨 만델라는 굴곡진 인생을 살았습니다. 인생의 3분의 1을 감옥에서 보냈습니다. 흑인인권운동을 하다가 무려 27년을 감옥에서 보낸 것입니다. 출소 후에도 350년에 걸친 인종차별을 종식시키기 위해 일생을 헌신했습니다. 그는 진실한 삶으로 우리에게 모범이 되었지요. 만델라는 좌절과 실패로 가득한 삶에서 얻게 된 지혜를 이렇게 전합니다.

"인생의 가장 큰 영광은 절대 넘어지지 않는 데 있는 것이 아니라 넘어질 때마다 일어서는 데 있습니다."

만델라는 인생의 중요한 가치를 '넘어질 때 다시 일어서는 것'에서 찾았습니다. 그러면 언젠가는 새로운 기회를 찾게 되고 결국 원하는 길에 우뚝 서게 될 것을 알았기 때문입니다. 오늘 안 되면 내일 다시 시도하려는 태도, 바로 그것이겠지요?

첫 책의 원고를 써서 출판사에 넘겼고 어렵지 않게 출간이 되었습니다. 그러자 저는 계속 글을 써보고 싶었습니다. 하지만 그 길은 쉽게 허락되지 않았습니다.

20번, 50번, 90번⋯⋯. 출판사에 보낸 원고가 되돌아왔습니다. 숱하게 좌절을 맛보았죠. 계속 글을 써야 할지, 아니면 다른 길을 걸어야 할지 고민이 되었습니다. '괜히 글을 쓰겠다고 했나' 하며 저 자신을 원망하기도 했습니다.

그럼에도 글쓰기를 포기하지 않았습니다. 하고 싶은 일이 글 쓰는 일이었고, 꼭 해야 할 일이 글 쓰는 일이었기 때문입니다. 대단한 글 솜씨는 아니어도 내가 쓴 글이 누군가에게 위안이 되고 힘이 된다면 글을 써야 한다고 생각했습니다.

반려된 원고를 고치고 또 고쳐 썼습니다. 다시 처음부터 원고를 가다듬고 쓰기를 반복했습니다. 무려 1년 8개월을 읽고 쓰기만 했죠. 제가 할 수 있는 일은 생각을 벼려내고 펜을 가다듬는 일뿐이었습니다. 그렇게 이를 악물고 글을 썼습니다. 그러면서 한의원에 가서 침을 맞고, 신경외과를 다녀오기도 했습니다.

91번째 출판사에서 계약하자는 희소식을 들은 뒤 꽤 많은 책이 출간되었습니다. 출간된 권수보다 더 중요한 것은 저의 글이 누군가의 삶에 작은 영향이라도 줄 수 있다는 겁니다. 흔들리는 누군가에게 위안과 울림을, 삶의 길을 모색하는 누군가에게 조언을, 변화를 원하는 이들에게 지혜를 선물해줄 수 있어 기뻤습니다. 이렇게 아내와 글을 쓸 수 있는 것도 끊임없이 시도하고 도전한 결과입니다.

프리드리히 니체는 "모든 것의 시작은 위험하다. 그러나 무엇을 막론하고 시작하지 않으면 아무것도 시작되지 않는다"라고 말했습니다. 마음속으로 원하는 것은 중요합니다. 하지만 그보다 더 중요한 것은 뭔가를 시도하지 않으면 정말 아무 일도 일어나지 않는다는 것입니다. 실패하더라도 일단 계획을 세우고 시작해봅시다. 아침에 눈을 뜨고 하루를 시작하는 것처럼 나를 움직이게 하고 살게 하는 그것을 위해 나아갑시다. 그러다 보면 인생의 봄이 어느새 성큼 다가오게 됨을 느낄 수 있을 것입니다.

삶은 장애물의 연속

인생길 걷는데
왜 내 길만 울퉁불퉁하고,
만날 장애물만 생기고,
벽에 부딪히기만 하고,
절벽 앞에 놓이게 되냐며
절망하지 말기로 해요.

우리 삶은 장애물의 연속이니까요.

어쩌면
내 앞길을 가로막고 있는 것 같은 장애물들은
돌아가라는 표지판이며,
잠시 쉬어가라는 신호등이고,
다른 길을 찾는 기회일 수 있습니다.

장애물 앞에 포기하면 걸림돌이 되지만
그것을 넘어서면 디딤돌이 된답니다.

잠시 멈춤

스마트폰이 등장하고부터 아침에 눈을 뜨면 자신도 모르게 스마트폰에 손이 가고 잠자리에 들기 전까지 혼연일체가 되어 살아갑니다. 다양한 기삿거리를 검색하기도 하지만 다른 사람들의 일상을 들여다보는 일에도 많은 시간을 할애합니다. 자신과 관계를 맺고 있는 사람들이 오늘은 무엇을 먹었는지, 기분은 어떤지, 무슨 생각을 하고 있는지 엿보는 겁니다. 이에 질세라 자신의 사소한 일상도 중계 방송 하듯 쏟아냅니다. 남들에게 자신의 삶을 보여주고 관심을 받고 싶어 하는 것이죠.

그러나 정작 자신의 모습은 자세히 살피지 않는 것 같습니다. 남들에게 보이는 모습을 좇다 보니 스스로에게는 소홀한 생활을 이어갑니다. 남들의 일상을 엿보다 자기 자신과 직면하는 시간은 갖지 못하는 것입니다. '나는 누구인가?'에 대한 질문에 대답할 수 없을 정도로 분주하게 살아갑니다.

나에 대해 가장 많이 알고 있는 사람이 자신일 텐데 사실은 가장 모르고 있는 것 같습니다. 학창시절엔 공부하고 취업한다며 바빴고 결혼해서는 자신보다 가정을 위해 모든 힘을 기울입니다. 치열한 경쟁에서 뒤처지지 않으려고 고군분투하다 보니 정작 자신에게는 관심을 가지지 못했습니다.

사회와 과학은 비약적으로 성장하고 있습니다. 최첨단기기들이 편리한 생활을 영위하도록 이끌어주지만, 어찌된 영문인지 사회는 개인에게 몰개성화deindividuation(구성원 개개인의 정체성과 책임감이 약화하여 집단행위에 민감해지는 현상)를 부추깁니다. 각종 미디어를 통해 아름다움의 기준이 전파되고 대중은 그 기준을 흠모합니다. 마치 정답인 양 똑같은 모습을 추구하고, 자신에게 맞지 않는 삶의 패턴까지 받아들이려 합니다. 특정 제품이 순식간에 매진이 되고, 수많은 취업 준비생들의 인생 목표가 대동소이합니다. 청춘들의 삶의 방향이 모두 한곳으로 집중되는 것 같다는 생각이 들 정도입니다. 부모들도 예측할 수 없는 세상을 살아가려면 안정된 직장이 최고라며 한 방향만을 은근히 종용합니다.

모두가 그런 것은 아닐 테지만, 자신이 무엇을 좋아하고 잘할 수 있는지에 관심을 두기보다 보편적인 기준에 부합되는 인생을 살아가려고 하는 것 같습니다. 진정한 자신의 삶을 사는 것이 아니라 모두가 가면을 쓰고 살아가는 것 같습니다. 내면은 제각각인데 삶의 모습은 너무나 비슷비슷합니다. 이런 모습을 미리 간파했는지 영국의 작가 찰스 핸디는 『찰스 핸디의 포트폴리오 인생』에서 이런 말을 전합니다.

"지금 생각해보면 삶이란 자신의 정체성을 찾는 과정이라는 생각이 듭니다. 자신이 진정 어떤 사람인지, 진정 어떤 일에 재능이 있는지를 끝내 모른 채 죽는다면 참으로 서글픈 일이죠. 삶이란 정체성이라는 사다리를 오르는 과정이고, 우리는 그 사다리를 오르며 서서히 자신의 정체성을 증명하고 발견해가야 합니다."

삶이란 결국 자신이 어떤 사람인지를 찾는 여정이라는 메시지입니다. 사춘기가 그렇고, 제2의 사춘기라는 중년기도 자신이 어떤 사람인지를 찾는 시기입니다. 이때 의미 있는 답을 찾지 못하면 방황하기 마련입니다.

내가 누구인지 모르면 가면을 쓴 채 살아가는 것과 같습니다. 진짜 모습이 아닌데도 진짜로 믿으면서 그 가면에 맞추어서 살아갑니다. 그러한 삶에 남는 것은 허무함뿐입니다. 가면에 익숙해지면 진짜 자기 모습을 찾는 것이 두렵고 힘이 듭니다. 익숙해진 것에 길들여져 그냥 이대로 살아도 되지 않을까 싶어지죠. 그러다 삶의 마지막 순간이 오면 '이건 진짜 내가 아니었어, 나는 원래 이런 사람이었는데'라는 후회를 하게 됩니다.

영화 〈죽은 시인의 사회〉에서 키팅 선생님은 학생들에게 다음과 같은 위대한 메시지를 전합니다.

"그 누구도 아닌 자기 걸음을 걸어라. 나는 독특하다는 것을 믿어라. 누구나 몰려가는 줄에 설 필요는 없다. 자신만의 걸음으로 자기 길을 가거라. 바보 같은 사람들이 무어라 비웃든 간에."

자기만의 걸음으로 걸어가려면 어떻게 해야 할까요? 누군가의 시선에 비치는 것에 신경 쓸 것이 아니라, 힘겨운 삶을 이겨내려고 무조건 열심히 하는 것이 아니라, 잠시 멈추는 겁니다. 잠시 멈춰 서서 자신과 직면하고 내가 진정으로 원하는 것이 무엇인지 묻는 시간이 필요합니다. 자신에게 진정으로 물으면 마음 깊은 곳의 자신이 반응하게 될 테니까요. 지금 우리에게 필요한 것은 고군분투하며 사는 것보다 '잠시 멈춤!'입니다. '잠시 멈춤!'이 나는 누구인지를 아는 시작점입니다.

마음의 감옥

스스로 자신을 감옥에 가두고 힘들어하는 사람들이 있어요.

감옥으로 들어가게 한 주범은
열등감,
비교의식,
좌절감,
죄책감이에요.

한번 닫힌 마음의 감옥문은 저절로 열리지 않아요.
밖에서도 열 수 없답니다.
감옥문을 여는 열쇠가 자신에게 있으니까요.

자신의 마음에 따라 마음의 감옥은
열리기도 하고 닫히기도 한답니다.

나를 돌아보는 시간

　정신없이 바쁘게 살았습니다. 생존을 위해 달려온 시간이었죠. 그러다 브레이크가 걸렸습니다. 더는 바쁘고 정신없이 살 수가 없었습니다. 몸이 망가지기 시작했습니다. 손등에 링거주사가 꽂히고 차가운 수술대에 오르기도 했습니다. 소중하게 하던 일이 더 이상 의미가 없어지면서 모든 것을 내려놓아야 했습니다. 번아웃 상태가 되어서야 나 자신을 돌아보는 시간을 가질 수 있었습니다.

　결혼한 뒤부터 나 자신에게 관심을 가질 시간이 없었습니다. 아이, 남편, 일, 다른 사람과의 관계가 먼저였고 그렇게 20년이 넘게 흐르다 보니 나는 어떤 사람인지를 잊어버리고 산 것입니다.

　힘겨운 시기에 심리학 강의를 들을 기회가 있었습니다. 수강생이 적어서 거의 상담을 받는 시간이었습니다. 강의시간 내내 계속해서 자신을 돌아보는 기회를 가졌습니다. 선생님이 어떤 음식을 좋아하냐고 물으시는데 선뜻 대답하지 못했습니다. 외식을 하면서 내가 먹고 싶은 음식을 먹어본 기억이 없다는 사실을 발견했습니다. 항상 아이들이 먹고 싶은 것만 먹었던 거죠.

"난 뭘 좋아하지?" 음식에서부터 질문을 던지기 시작했습니다. "나는 어떤 삶을 살고 싶은 걸까? 나에게 의미 있고 중요한 것은 무엇인가?" 질문을 던지면서 내가 원하는 것이 무엇인지 발견하려고 몸부림을 쳤습니다. 오롯이 나 자신에게 집중하며 생각하는 시간을 가질 수 있었습니다. 뚜렷한 답을 찾지는 못했지만 나에게 관심을 가지면서 점점 회복되는 자신을 보게 되었습니다.

나만 이런 고민과 갈등 속에서 살아간 것은 아니란 사실을 헨리 데이비드 소로를 통해 알 수 있었습니다. 그는 생계를 해결하면서 동시에 이상을 실현하기 위해 교사가 되고 싶었습니다. 그리고 자신의 바람대로 교사가 되어 바쁘게 살았지만 이내 교사의 길을 포기합니다. 학생을 체벌해야 하는 현실을 견디지 못한 것입니다. 그는 도시 생활을 정리하고 월든 호숫가로 들어가 오두막을 짓고 살았습니다. 많은 사람이 그의 선택을 궁금해했습니다. 그는 『월든』에서 이렇게 말했습니다.

"오로지 삶의 본질적인 사실만을 직시하기 위해, 삶의 가르침을 잘 배우기 위해, 그래서 죽음의 순간에 내가 잘 살았구나 하고 깨닫기 위해서였습니다. 삶이란 너무나도 소중한 것이기에 삶이 아닌 길은 가고 싶지 않았고, 불가피한 경우가 아니라면 체념하고 싶지도 않았습니다. 나는 삶을 깊게 살아보고 싶었고, 삶의 정수를 끝까지 마시고 싶었고, 삶이 아닌 것은 모두 없애버리기 위해 강인하고도 엄격하게 살고 싶었습니다."

소로는 스스로 온전히 존재하기 위해 호숫가의 삶을 선택했습니다. 자신이 바라는 진정한 삶을 향해 홀로 자신과 마주하는 시간으로 들어간 것입니다.

자신을 사유의 대상으로 삼았던 아우구스티누스 역시 『고백록』에서 이렇게 말했습니다.

"밖으로 나가지 마라. 그대 자신 속으로 돌아가라. 인간 내면에 진리가 자리 잡고 있다."

몽테뉴도 자신을 돌아보는 것의 중요성을 이렇게 전합니다.

"아는 것은 그대뿐이다. 다른 사람들은 그대를 보지 못한다. 그들은 불확실한 추측으로 그대를 짐작한다. 그들은 그대의 기교를 보는 만큼 그대의 본성을 보지 못한다. 그들의 판결에 매이지 마라. 그대 자신의 판결에 매여라."

인생은 오롯이 자신의 것입니다. 누구에게도 맡길 수 없고, 폭풍우같이 힘든 일이 닥쳤다고 해서 버릴 수 없는 것이 내 인생입니다. 그런 인생을 지혜롭게 살아가기 위해서는 충분히 생각할 수 있는 시간이 필요합니다. 단순한 인터넷 검색으로는 삶의 길을 찾을 수 없습니다.

 깊이 사색하며 내가 원하는 삶은 무엇인지, 어떤 세상을 이루고 싶은지, 정말 해보고 싶은 일이 무엇인지 찾아내야 합니다. 스스로 답을 찾기 위해 시간을 갖지 않는다면 내 인생을 살고 있다고 말할 수 없을 것입니다.

 정말 바쁘게 인생을 달려가고 있습니까? 아니면 어떤 고난의 상황으로 잠깐 멈춰서 있는 시간 속에 있습니까? 어떤 시간 속에 있든지 잠시 잠깐이라도 스스로를 되돌아보기 바랍니다. 자신을 둘러싼 환경 속에서가 아닌 그냥 '나'의 의미에 대해 생각해보는 시간이 필요합니다.

마음의 문을 열어두세요

세월의 나이테가 더해지면
제가 어떤 사람인지 자신 있게 이야기할 수 있으리라 생각했습니다.
하지만 풀리지 않는 수수께끼처럼 더 묘연하기만 합니다.

흰머리가 희끗희끗해도
"나는 이런 사람이다!"라고
자신 있게 말할 수 있는 사람이 얼마나 될까요?
그러니 '나는 누구인가?'라는 물음에
명확한 답을 내놓을 수 없다고
너무 자책하거나 낙담하지 마세요.
'나는 누구인가?'의 답은
삶을 마감할 때까지 현재진행형이니까요.

다만,
자신이 누구인지 살펴볼 수 있도록
마음의 문만큼은 살짝 열어두면 좋겠습니다.
닫힌 문으로는 어떤 것도 볼 수 없으니까요.

청춘 예찬

영국의 극작가이자 소설가인 조지 버나드 쇼는 "청춘은 청춘에게 주기에 너무 아깝다"라는 말을 했습니다. 청춘일 때는 전혀 공감되지 않았지만 머리가 희끗희끗해질 때가 되니 비로소 무슨 의미인지 가늠이 됩니다.

학창시절에 읽었던 「청춘 예찬」이라는 수필이 생각납니다. "청춘! 이는 듣기만 하여도 가슴이 설레는 말이다. 청춘! 너의 두 손을 대고 물방아 같은 심장의 고동을 들어보라"라고 시작하는데 재미없고 어렵게만 느끼지는 글로 기억됩니다. 물방아 같은 심장의 고동이 점점 잔잔해지는 시점에 이르자 무미건조한 수필이 주는 의미를 이해할 수 있었습니다.

"너희 나이가 가장 좋을 때다"라는 말을 학창시절 수없이 들었지만 그때는 그 말이 무엇을 의미하는지도 몰랐죠. 힘들게 공부하는 우리 처지를 이해하지 못하는 것처럼 들려 원망할 때도 많았습니다.

그러다 마흔 즈음에 심한 마흔앓이를 했습니다. 갑자기 나이 들고 늙어가고 있다는 사실에 억울하다는 생각이 들었습니다. 나 자신을 인정하지 못하는 자기 부정, 우울함, 무기력함으로 하루하루를 힘들게 보냈습니다. 유모차 같은 수레를 밀고 다니는 어르신들을 보면 나도 모르게 눈물이 흘러내렸습니다.

'저분들도 꽃다운 십대 시절이 있었겠지…….'

'나처럼 사십대의 청춘도 지내셨겠지…….'

'늙어간다는 것은 무엇일까'라는 생각에 우두커니 서 있을 때도 있었습니다. 어느 날, 여든이 넘은 할머니가 나를 보더니 대뜸 "참 좋을 때다. 몇 살이나 먹었어?"라고 물어보셨습니다. 십대, 이십대에 수없이 들었던 말을 마흔이 되어 다시 들으니 새롭게 다가왔습니다.

마흔이 돼서도 청춘의 의미를 깨닫지 못하면 안 될 것 같다는 생각이 들었습니다. 늙는다는 건 나이와 외모의 문제가 아니라 마음속에 이상이 없고 열정이 사그라지는 때라는 것을 말이죠. '오늘은 내 인생의 가장 젊은 날'이라는 말은 정말 맞습니다. 마흔이 되었다고 우울해하고 무기력한 상태로 있다면 여든이 된 할머니보다 더 늙은 상태입니다.

다음은 사무엘 울만의 「청춘」이라는 시의 일부인데 제가 느꼈던 마음과 너무나 흡사합니다.

나이를 먹는다고 해서 늙은 것이 아니다.

이상을 잃어버릴 때 우리는 비로소 늙는다.

세월은 우리의 주름살을 늘게 하지만

열정을 가진 마음을 시들게 하지는 못한다.

고뇌, 공포, 실망 때문에 기력이 땅으로 들어갈 때

비로소 마음이 시들게 되는 것이다.

육십 세든 십육 세든 모든 사람의 가슴속에는

놀라움에 끌리는 마음,

젖먹이와 같은 미지에 대한 끝없는 탐구심,

삶에서 환희를 얻고자 하는 열망이 있는 법이다.

(중략)

머리를 드높여 희망이란 파도를 탈 수 있는 한

그대는 팔십 세일지라도 영원한 청춘의 소유자인 것이다.

  사무엘 울만은 마음이 시들면 청춘의 삶을 살지 못한다고 말합니다. 마음에 굳은살이 박여 있으면 희망을 이야기할 수 없다는 것입니다.

  마음의 굳은살을 부드럽게 하려면 사소한 삶의 이야기에 조금 더 깊은 관심을 가질 필요가 있습니다. 그 시작은 자연의 경이로움부터 느껴보는 거죠. 의도적으로라도 작은 들꽃에 고개를 숙이고, 아름다운 경치에 탄성을 질러보는 겁니다. 이름 모를 들꽃의 향기도 맡아보고 그 향기에 마음껏 취해보는 겁니다. 들꽃의 이름을 알아보려는 수고도 곁들이면 좋습니다. 이런 작은 실천들이 단비가 되어 단단한 마음을 적셔줍니다. 마음이 촉촉해져야 미래에 대한 희망의 씨앗이 뿌리를 내리고 싹을 틔울 수 있으니까요.

마흔앓이를 했던 것이 엊그제 같은데 벌써 쉰이 되었습니다. 다행히 쉰앓이 없이 지나가고 있습니다. 사소한 것들에서 의미를 찾고 해석을 달리하니 반복된 마흔을 살지 않게 되었습니다. 이제는 인생의 전환기를 맞아 마음에 희망을 품고 오늘을 삽니다. 내일보다는 젊은 오늘에 감사하며 내 청춘을 예찬하고 있죠.

마음에게 주는 선물

속상해 울고 싶으면 우세요.
마음에 담아두고 하지 못한 말
이제는 풀어내세요.

후회하게 될까 봐
속상할까 봐
마음 아플까 봐
울지 않고, 말하지 않으면
더 많이 아프고 더 후회하게 됩니다.

속상한 감정 마음의 울타리에 가두지 마시고
속상한 만큼 표현하고 사세요.
그럴 때 마음은 어제보다 오늘 더 단단해지니까요.

소유와 존재의 이중주

　오늘 땀 흘리며 치열하게 공부한 이유는 무엇인가요? 무엇을 위해 우리는 그토록 열심히 오늘을 살아낼까요? 많은 사람들이 안정적인 삶을 위해 시간을 투자합니다. 그리고 조금이라도 안정감이 생기면 더 많은 물질적 소유를 목적으로 삼습니다.

　공부 잘해서 명문대학에 가고 좋은 직장을 가지려는 이유는 첫째는 안정이요 그다음은 더 많은 소유입니다. 많이 소유하는 것을 행복의 척도로 생각하는 사회 분위기 때문입니다. 부모가 시간만 나면 공부하라고 아우성치고 **빼빽**한 학원 스케줄을 잡는 것도 자녀가 더 소유하기 바라서입니다.

　더 많이 소유하고 더 좋은 것을 누리려는 마음은 인간의 당연한 욕구입니다. 하지만 소유를 목적 삼아 살아간 삶은 어느 순간 허탈을 경험하게 됩니다. 소유는 목마름을 해소해줄 수 없기 때문입니다.

프란츠 카프카는 이렇게 말합니다. "나는 광고지를 읽지 않는다. 그것을 읽게 되면 종일 부족한 것을 생각하게 되고 그것을 원하게 될 테니까!" 소유로는 만족을 누릴 수 없다는 메시지입니다.

누구나 언젠가는 소유가 인생의 전부가 아니란 사실을 깨닫게 됩니다. 인생의 쓴맛 단맛을 알고 난 뒤 깨닫는 지혜입니다. '소유만을 바라고 살지 않았더라면 더 행복할 수 있었을 텐데' 하면서 후회를 합니다. 후회한들 지난 시간을 보상받을 수 없다는 것을 잘 알지만 인생의 정수를 깨닫게 되면 자신도 모르게 후회를 하곤 하죠.

죽음을 앞둔 사람들이 가장 많이 하는 후회 중 하나가 소유가 아닌 존재 이유를 살피지 못한 것이라고 합니다. '너무 일만 하지 말았어야 했는데, 감정표현을 좀 더 많이 하고 살았어야 했는데, 사랑하는 사람들과 더 많은 시간을 보냈어야 했는데……' 하며 한탄에 가까운 후회를 합니다.

소유는 자본주의 사회에서 꼭 필요한 덕목입니다. 부를 많이 축적할수록 그만큼 편리한 삶을 살 수 있습니다. 그래서 우리는 더 소유하기 위해 아침부터 저녁까지 힘써 노력하고 있는 것입니다. 행복을 주는 사소한 것에는 눈길과 마음조차 주지 않고 앞만 보고 달립니다. 이런 우리의 삶을 꿰뚫어보기라도 하듯 카를 마르크스는 "우리는 많이 소유하는 것이 아니라 풍요롭게 존재하는 것을 목표로 해야 한다"라고 말합니다. 소유를 향해 달리는 우리에게 경종을 울리는 메시지입니다.

소유와 존재의 갈림길에서 깊이 고민한 사람이 있습니다. 바로 에리히 프롬입니다. 그는 『소유냐 존재냐』에서 인간 삶의 방식은 소유하는 삶과 존재하는 삶으로 나뉜다고 했습니다. 소유를 추구하는 사람은 꽃을 볼 때도 자연 그대로의 꽃을 바라보고 음미하기보다 꺾어서 자기 것으로 소유하는 것에 목적을 둔다고 말합니다. 소유하려는 사람과 사랑을 나눈다면 자기 존재도 상대의 소유물이 될지 모릅니다. 생각만 해도 끔찍합니다.

반면 존재하는 삶은 말 그대로 자기 존재를 확인하며 살아갑니다. 자기 존재를 소중히 여기는 사람은 상대의 존재도 인정할 줄 압니다. 상대가 행복한 삶을 살 수 있다면 기꺼이 놓아주기도 하는데 그것은 소유보다는 존재에 더 가치를 두기 때문입니다.

존재하는 사람은 능동적으로 움직입니다. 자기를 성장시키기 위해 힘쓰고 사랑할 줄 압니다. 희망적인 삶은 결국 존재에 가치를 두는 삶에서 시작됩니다.

단순한 삶을 모색하고 실천하면서 풍요로운 삶을 누리는 도미니크 로로라는 작가가 있습니다. 그는 『심플하게 산다』에서 현대인들은 부를 자기 존재의 증거로 여긴다고 하면서 그 이유가 소유와 자기 정체성을 동일시하기 때문이라고 했습니다. 하지만 그는 소유하는 삶에서는 결코 만족한 삶을 살 수 없다고 경고합니다. 적당한 여유와 여백을 통해 존재를 확인하며 살아야 하고 그것을 실현하는 삶이 심플하게 사는 것이라고 조언합니다.

역설적이게도 소유에 목숨을 걸지 않으면 삶의 질이 개선되는 효과를 얻습니다. 소유보다 존재 이유를 느끼는 곳에 시간을 사용하기 때문이죠. 가족들과 함께하는 소소한 일상들이 얼마나 소중한 것인지를 깨닫게 됩니다. 코로나19가 삶을 송두리째 삼킬 때 사람들은 비로소 깨달았습니다. 사랑하는 이들과 나누는 사소한 일상이 얼마나 소중한 것인지를 말입니다.

존재 의미를 이해하면 지금까지 당연하다고 생각한 것들이 그리 중요하지 않다는 것을 알게 됩니다. 대신 우선순위에서 밀려나 있던 것들이 더 소중하다는 것을 발견하죠. 그것을 발견하는 기쁨이 있기를.

기적을 부르는 말

"감사합니다."
"사랑합니다."
"행복합니다."

인생의 기적을 일으키는 대표적인 말이라고 합니다.

오늘의 삶에서 얼마나 많이 사용했나요?
사용 빈도에 따라
내 인생의 기적이 빨라질 수도
느려질 수도 있습니다.

주의: 살면서 한 번도 사용하지 않으면 한 번도 인생의 기적을 맛보지 못할 수
도 있습니다!

당신은 어디로 어디쯤 날고 있나요?

먹고사는 문제는 현실에서 매우 중요합니다. 그러니 잘살기 위해 땀 흘리고, 더 나은 직장에서 일하기 위해 밤낮없이 공부하는 거겠죠. 한편, 먹고사는 문제를 떠나 자신이 꼭 해야 할 일에 매진하는 사람도 있습니다. 이렇게 사람은 이상과 현실 사이에서 각자의 가치를 추구하며 살아갑니다. 어떤 삶이 옳다고 단정할 수는 없지만 멋진 인생이라고, 의미 있는 인생이라고, 한평생 뜻있게 살았노라고 말할 수 있는 삶은 있습니다.

그런 메시지를 던지는 문학작품이 바로 리처드 바크의 『갈매기의 꿈』입니다. 책에서 갈매기들은 두 부류로 나뉩니다.

"갈매기 대부분은 비상飛翔의 가장 단순한 사실, 즉 먹이를 찾아 해안을 떠났다 다시 돌아오는 방법 이상의 것을 배우려고 마음 쓰지 않는다. 갈매기 대부분에게 문제가 되는 것은 나는 것이 아니라 먹는 것이다. 그러나 이 갈매기에게 중요한 것은 먹는 것이 아니라 나는 것이었다. 어떤 것보다 조나단 리빙스턴은 높이 그리고 더 멀리 나는 것을 사랑했다."

먹는 것보다 나는 것에 관심이 더 컸던 주인공 조나단은 더 높이, 더 빠르게 날기 위한 연습에 매진합니다. 하지만 다른 갈매기들은 그런 조나단을 이해할 수 없었습니다. 높이 난다고 해서 먹는 문제가 해결되는 것도 아닌데 왜 그토록 나는 연습을 열심히 하는지 말입니다. 조나단 역시 다른 갈매기들을 이해할 수 없었습니다. 조나단은 이렇게 말합니다.

"수천 년 동안 우리는 물고기 대가리를 찾아 휘젓고 다녔습니다. 그러나 이제 우리는 살기 위한 이유를 가져야 합니다. 배우고, 발견하고, 자유롭게 되는 것입니다."

조나단이 높이 날아오르려고 한 것은 배우고 발견하고 자유롭게 되기 위해서였습니다. 높이 나는 것이 어떤 점에서 유익하다고 생각했을까요? 그것이 얼마나 소중하게 느껴지기에 무리로부터 추방당하면서까지 몸부림쳤을까요?

높이 난다는 것에는 사실 자신이 사는 세상을 꿰뚫어본다는 의미가 담겨 있습니다. 더불어 자신이 날고 있는 위치도 확인할 수 있고요. 이것은 자기 존재의 의미를 파악하려는 것으로 볼 수 있습니다. 나는 누구이며, 어디로 가는지, 어떻게 살아가야 하는지 생각하는 시간을 갖는 것입니다. 삶의 방향을 점검하는 것이기도 하죠. 그렇게 삶에 대해 진지하게 고민하는 삶은 그렇지 않은 삶과는 분명히 다릅니다.

반면에 낮게 나는 갈매기들은 높이 나는 갈매기보다 먹잇감을 빨리 찾고 쉽게 먹을 수 있습니다. 한마디로 생존과 관련된 현상에 집중하며 사는 삶이라고 볼 수 있습니다. 당장 먹고사는 문제를 해결하기 위해 공부하고 땀 흘리며 사는 우리의 인생처럼 말입니다. 물론 어느 것이 반드시 좋다 혹은 나쁘다고 말하려는 것은 아닙니다. 그저 질문하고 싶을 뿐입니다.

당신은 어떤 갈매기의 삶이 더 의미 있게 느껴지나요? 먼 훗날, 먹고사는 문제를 해결할 뿐만 아니라 삶의 의미까지 얻게 되는 갈매기는 어느 쪽일까요? 대부분 높이 나는 갈매기라고 대답할 것입니다. 눈앞에 보이는 현상을 넘어 멀리 앞날을 내다볼 수 있기 때문입니다. 그런 삶은 마음속에 품은 이상을 따라 살아가는 것이기에 보람과 의미까지 찾을 수 있습니다. 여기서 그리스 신화에 나오는 이카로스 이야기를 들려드리지요.

이카로스의 아버지 다이달로스는 미노스 왕의 뜻을 거역해 아들 이카로스와 함께 자신이 만든 미로에 갇히게 됩니다. 그 미로는 워낙 정교하게 만들어 도저히 탈출구를 찾을 수 없게 설계되었습니다. 그러자 다이달로스는 아들 이카로스에게 밀랍으로 만든 날개를 만들어줍니다. 그리고 이렇게 당부합니다.

"너무 높게 날지도 말고 너무 낮게 날지도 말아라. 너무 낮게 날면 날개가 젖을 것이고 너무 높게 날면 태양열에 밀랍이 녹을 것이다."

하지만 아버지의 당부에도 불구하고 이카로스는 하늘로 높이 올라갑니다. 그러자 날개는 녹아버렸고 이카로스는 바다로 떨어져 죽고 맙니다.

제가 말하고자 하는 의미는 이것입니다. 높이 난다고, 멀리 본다고 모두 좋은 것은 결코 아니라는 점입니다. 이카로스처럼 자신이 나는 목적을 모른 채 무조건 높이 날면 결국 추락하게 됩니다. 우리 주변에도 목적을 바로 세우지 않아 한순간에 추락하는 사람들이 매우 많습니다.

너무 낮게 나는 것에도 문제는 있습니다. 낮게 나는 것은 매일의 먹고사는 문제를 해결하기 위한 것이지만 우리 인간은 먹고사는 것이 해결되면 안전하다는 착각을 하기 십상입니다. 이런 경우라면 한 치 앞도 분간하지 못하거나 자신의 훗날 삶에 벌어질 문젯거리를 내다보지 못하게 됩니다. 누군가 자신을 먹잇감으로 조종해도 그 사실을 인지하지 못하게 되죠. 그러다 보면 소망을 갖는 것조차 어려운 일이 되고 맙니다.

높이 날아오르려면 목적을 바르게 세워야 합니다. 목적은 자신이 오늘 살아가는 이유를 명확히 아는 것입니다. 어디로 어느 방향으로 날아가고 있는지, 어디쯤 날고 있는지를 아는 것이지요. 자신의 위치를 매 순간 파악할 수 있어야 의미 있는 삶을 살아갈 수 있습니다.

산을 오르는 이유

산을 오르는 사람마다
저마다의 목적이 있습니다.

정상을 정복하기 위해,
오솔길의 정취와 들꽃의 아름다움을 느끼기 위해,
함께한 사람과 정겨운 시간을 나누기 위해,
친목을 도모하기 위해,
자기 존재의 의미를 찾기 위해,
건강을 위해 산을 오릅니다.

산에 올라가는 목적에 따라 얻는 것도 제각각인 것처럼
인생의 산도 다르지 않습니다.
어떤 목적으로 인생 산을 오르든
그에 따라 맺힌 열매는
자신이 책임질 수 있어야 합니다.
그 열매가 나와 가족에의 삶에 자양분이 되니까요.

자꾸만 '그때'가 생각날 때

　살다 보면 선택의 갈림길에 놓이곤 합니다. 점심에 무엇을 먹을까 하는 단순한 선택도 많지만 인생의 중요한 결정 앞에서 고민하고 망설일 때가 있죠. 명쾌한 답변을 얻기보다 선택의 불안증을 겪는 경우가 다반사입니다. 인생의 향방이 좌우되는 상황에서는 더 많은 고민과 시간이 걸릴 수밖에 없습니다. 인생이 걸린 일이니 당연한 일입니다. 더 현명한 선택이 무엇인지 알 수 없을 때 느끼는 답답함은 자신을 짓누르기까지 합니다. 이럴 때 누가 "이 길이 정답이야!"라고 속시원히 말해주면 얼마나 좋을까요.

　그러나 자신의 인생을 누군가의 조언으로 덜컥 결정할 수는 없습니다. 사실 어느 쪽을 선택하든 정답은 없습니다. 옳은 길이냐 틀린 길이냐의 문제도 아닙니다. 그저 후회 없는 선택을 하기 위한 몸부림이죠.

오래전 텔레비전 인기 방송 중에 A와 B라는 선택 앞에서 "그래 결심했어!"라며 두 경우의 상황을 보여주는 코미디 프로그램이 있었습니다. 방송을 보면서 두 개의 선택지 모두의 삶을 살아보면 얼마나 좋을까 하는 생각이 들었습니다. 하지만 현실은 냉혹하게도 하나의 선택지만을 허락합니다. 어느 쪽이든 선택을 해야 하는 것이 우리에게 주어진 숙명입니다. 선택의 갈림길에서 후회를 덜 남기는 방법은 과연 무엇일까요?

모든 선택은 평소 자신이 중요하다고 여기는 것에 의해 결정됩니다. 의미를 두고 살아온 것들이 마음의 무게중심을 움직이게 만듭니다. 어떤 사람은 이것을 '가치'라고 말합니다. 가치는 값어치라는 말과 동의어입니다. 자신이 평소 값어치를 매기는 것이 무엇이냐는 이야기입니다. 종교적 신앙에 값어치를 매기는 사람은 선택의 중심에 신앙이 깃들어 있습니다. 결혼도 직장도 신앙이라는 가치로 결정합니다. 돈에 가치를 둔 사람은 모든 선택이 돈을 많이 버는 쪽으로 기울어집니다. 봉사에 가치를 둔 사람은 자신을 희생해서라도 누군가를 돕는 일에 헌신합니다.

가치는 한 사람의 인생의 향방을 결정하는 데 매우 중요한 요소입니다. 성격, 인생철학, 삶의 의미를 결정짓는 밑바탕이 됩니다. 그래서인지 인간에 대한 성찰이 깊은 사람일수록 가치의 중요성을 강조합니다.

"햇빛이나 칼슘, 사랑이 필요한 것과 마찬가지로, 인간이 살아가기 위해서는 가치체계, 인생철학, 종교 등이 필요하다. 나는 이것을 '이해하고자 하는 욕구'라고 부른다. 가치관이 없을 때 사람들은 쾌감 상실, 아노미, 절망, 냉소 등에 시달리게 된다. 이는 심지어 신체적인 질병이 될 수도 있다. 역사적으로 볼 때, 정치적으로나 경제적, 종교적으로 외부에서 주어진 모든 가치체계는 실패했으며, 그 어떤 가치도 그것을 위해 목숨을 걸 만큼 의미 있지도 않았다. …… 따라서 우리에게는 믿고 헌신할 수 있는 정당하고도 유용한 가치체계가 필요하다. 우리에게 '믿고 따르도록' 권하기 때문이 아니라 그러한 가치가 진실이기 때문에 따라야 하는 그런 가치 말이다."

에이브러햄 매슬로가 『존재의 심리학』에서 사람에게 필요한 가치의 중요성에 대해 한 말입니다.

삶의 바탕이 되는 가치를 찾는 것은 쉬운 일이 아닙니다. 인생 경험이 적은 청춘이라면 더욱 힘들 것입니다. 지식과 정보가 넘쳐나고 수많은 이론과 삶의 기준들이 쏟아져 무엇이 진실이고 가치가 있는 것인지 구분하기조차 어렵습니다. 중심을 잡지 못하면 자칫 특정 누군가의 가치나 혹은 가까운 사람의 가치를 자신의 것으로 받아들이기 쉽습니다. 자신이 원하는 삶의 기준이나 방향을 무시한 채 말이죠. 우리를 위협하는 가치는 바로 이런 가치입니다. 내 것이 아닌 다른 누군가의 것으로 나 자신을 채우는 일 말입니다.

우리가 인문학을 공부하고 이를 통해 지혜를 배우려는 건 나만의 가치를 찾기 위한 과정입니다. 세상의 가치에 따라 좌우되는 '내'가 아닌 오직 나만의 튼튼한 기초를 세우려는 것 말입니다.

나만의 가치는 인문학적 성찰을 통해 형성되기도 하지만, 평범한 일상에서 가랑비에 옷 젖듯이 젖어드는 것이라는 생각도 듭니다. 자주 보고 듣고 경험하고 느끼는 사소한 것들이 쌓이고 쌓여서 형성되니까요.

그래서 오늘 내가 보고 듣고 경험한 사소한 것들을 점검할 필요가 있습니다. 또한, 내가 오늘 삶 속에서 했던 말과 행동도 누군가의 삶의 가치를 형성하는 데 큰 영향을 준다는 점도 기억하면 좋겠습니다. 보잘것없어 보이는 작은 것들이 모여 한 사람의 인생을 결정짓는 가치로 이어지니까요.

바람직한 가치가 형성돼도 살면서 겪게 되는 많은 시련 앞에서는 누구나 좌절하기 마련입니다. 좌절하기 싫다고 선택을 피할 수도 없습니다. 어떤 이들은 항상 '그때'를 생각하며 되새김질하기도 합니다.

'그때 조금 더 노력할걸……'

'그때로 돌아가면 지금처럼 살지 않을 텐데……'

자꾸만 '그때'를 회상한다는 것은 오늘의 삶이 만족스럽지 않다는 증거입니다. '그때'는 과거에 살도록 만드는 올무입니다. 나만의 가치가 형성되었다면 이제는 '그때'를 되돌아보며 후회하지 않길 바랍니다. '그때'는 아름다운 추억을 되새길 때만 사용하는 언어입니다. 우리에게 필요한 단어는 '지금'입니다. 아주 사소한 것이라도 의미 있다고 생각하는 '지금'에 충실할 때 더는 '그때'에 매이지 않게 되고 내일을 희망할 수 있게 되니까요.

'그때' 사용설명서

항상 '그때'를 생각하며
되새김질하는 사람들이 있어요.

'그때 조금 더 노력할걸…….'
'그때로 돌아가면 지금처럼 살지 않을 텐데…….'

자꾸만 '그때'를 회상한다는 것은
오늘의 삶이 만족스럽지 않다는 증거예요.

'그때'는
과거에 살도록 만드는 올무예요.

'그때'는
아름다운 추억을 되새길 때만 사용하는 언어입니다.

지금 이 순간이야말로

가만히 언제 가슴이 뛰었던가를 생각해봅니다. 소풍 가기 전날, 생일, 새 옷을 사러 시장에 가던 날, 멋진 선생님을 만나 짝사랑했을 때……. 학창시절에는 작은 것에도 가슴이 뛰었습니다. 별일 아닌데도 기뻐했고, 떨어지는 낙엽에, 소설 속의 이별에도 슬퍼했죠. 나와 마주한 사소한 시간이 감성을 건드렸습니다.

그런데 어느 날부턴가 다람쥐 쳇바퀴 도는 듯한 일상에 파묻혀 작고 별것 아닌 일들에 반응할 수 없게 됐습니다. 예전에는 웃고 떠들며 우수에 젖었던 삶이 이제는 왜 웃어야 하는지, 왜 슬퍼해야 하는지조차 느끼지 못할 정도로 감각을 잃어버렸습니다. 감각을 잃어버린 일상은 무미건조합니다. 삶의 의미와 존재 이유도 망각하게 하죠. 어딘가로 바쁘게 나아가는 것 같지만 다람쥐 쳇바퀴 돌듯이 기계적인 삶을 살 뿐입니다.

나이 들수록 어린 시절의 친구들을 만나는 것이 즐겁습니다. 추억 속 이야기를 하다 보면 어느새 그 시절이 새록새록 떠오릅니다. 웃고 떠들다 보면 그 시절 가슴 뛰었던 생생한 기억을 추억할 수 있어 친구들의 만남이 기다려지기도 합니다. 한시라도 웃고 사랑했던 기억을 더듬어보기 위한 몸부림일지라도 말입니다. 이렇게 우리는 작은 일이라도 사랑하고 웃을 일을 찾아야 합니다. 웃고 사랑하는 일은 우리의 존재 이유이기도 하니까요.

니코스 카잔차키스의 『그리스인 조르바』에 나오는 조르바의 삶을 살펴보면 가슴 뛰는 삶이 어떤 것인지 알 수 있습니다. 조르바는 여느 사람들처럼 계산하며 살지 않습니다. 현재 주어진 것에 온 마음을 집중했습니다.

"나는 어제 일어난 일은 생각 안 합니다. 내일 일어날 일을 자문하지도 않아요. 내게 중요한 것은 오늘, 이 순간에 일어나는 일입니다. 나는 자신 있게 묻지요.

'조르바, 지금 이 순간에 자네 뭐하는가?'

'잠자고 있네.'

'그럼 잘 자게.'

'조르바, 지금 이 순간에 자네 뭐하는가?'

'일하고 있네.'

'잘해보게.'

'조르바, 지금 이 순간에 자네 뭐하는가?'

'여자에게 키스하고 있네.'

'조르바, 잘해보게. 키스할 동안 딴 일이랑 잊어버리게. 이 세상에는 아무것도 없네. 자네와 그 여자밖에는. 키스나 실컷 하게.'"

답은 오늘, 지금 이 순간에 있습니다. 저 멀리에서 인생의 의미와 희망을 찾기보다 오늘에 마음을 다하면 됩니다. 니코스 카잔차키스는 주인공 '나'의 말을 통해 행복에 대해 이렇게 이야기합니다.

"나는 또 한 번 행복이란 포도주 한잔, 밤 한 알, 허름한 화덕, 바닷소리처럼 참으로 단순하고 소박한 것임을 깨달았다."

"지금 이 순간이 행복하다고 느끼는 데 필요한 것이라고는 단순하고 소박한 마음뿐이다."

『인생 수업』을 쓴 엘리자베스 퀴블러 로스는 다음과 같이 말합니다. "살고, 사랑하고, 웃으라. 그리고 배우라. 이것이 우리가 이곳에 존재하는 이유다. 삶은 하나의 모험이거나, 그렇지 않으면 아무것도 아니다. 지금 이 순간 가슴 뛰는 삶을 살지 않으면 안 된다." 인생이란, 먼 훗날을 생각하는 것도 중요하지만, 지금 이 순간 최선을 다하는 것입니다.

이제 다른 핑곗거리를 찾지 말았으면 합니다. 오늘도 내 가슴을 뛰게 하는 게 무엇인지 의도적으로 생각하고 사랑하는 가족을 떠올리면서 어린 시절 웃고 행복했던 기억을 되새겨봅시다. 아주 작고 사소한 것에 울고 웃으며 기뻐했던 지난날의 소중한 시간이 있을 겁니다. 시간이 되면 추억 속으로 한번 다녀오는 것도 좋은 방법입니다.

행복의 거리를 기억 어디쯤에서 찾았다면 조르바처럼 오늘에 담아보세요. 잠시라도 가슴 뛰는 지금을 살 때 그래도 살 만하다고 말할 수 있을 테니까요.

나에게 투자한 하루

마음 지치고 외로울 때면 혼자 청승맞게 앉아 있지 말아요.
함께해주는 친구가 없어도
'누가 날 위로해주지'라며 고민하지 마세요.

그럴 때는
화사하게 화장을 고치고
화려한 외출을 하는 겁니다.

활짝 웃으며
멋진 식당에 가서 먹고 싶은 음식도 먹고,
보고 싶은 영화도 보고,
나에게 줄 선물도 사는 거예요.
자신을 위해 온전히 하루를 선물하는 거죠.

나를 위로하고 사랑해줄 사람이 자신이면
더 효과적이니까요.

별똥별이 떨어지는 순간

별똥별을 본 적이 있나요? 밤하늘 별똥별이 떨어지는 장면을 보는 경험은 예전에도 흔하지 않았지만 지금은 더욱 어려운 일이 되었습니다. 환경오염 때문에 대기가 뿌연 날이 많아서입니다. 하지만 더 큰 이유는 밤하늘을 올려다 볼 여유조차 없이 살아가야 하기 때문인 것 같아요.

중학교 3학년 즈음 시험공부를 하다가 머리를 식힐 겸 마당으로 나간 적이 있습니다. 기지개를 켜며 무심코 하늘을 봤는데 그 순간 별똥별이 떨어지는 거예요. 소원을 빌면 이루어진다는 얘기를 들었던 기억은 있었는데 그 순간에는 "어, 어!" 하고 외마디 비명만 지르고 말았습니다.

찰나의 순간에 소원을 빌 수 있는 사람이 얼마나 될까요? 많은 사람이 저와 같지 않을까 생각합니다. 원하는 것이 무엇인지 바로 대답할 수 없는 상태인 거지요. 시간이 흘러 대학 엠티에 가서도 별똥별을 봤지만 그때도 소원은 빌지 못했습니다. 원하는 것이 많다고 생각했는데 결정적인 순간에는 무엇을 말해야 할지 잘 모르겠더군요.

소원이란 마음속에 항상 숨어 있는 작은 씨앗입니다. 겉으로 드러나진 않지만, 씨앗이 심겨 있다면 반드시 그와 관련된 열매가 맺힙니다. 문제는 무슨 씨앗이 심겨 있는지 모른다는 것입니다.

지혜로운 농부는 종자 씨앗을 남겨둡니다. 아무리 먹을거리가 부족해도 종자만큼은 손을 대지 않죠. 당장 먹을 것이 없다고 종자까지 넘보는 날엔 그다음 한 해를 힘겹게 보내야 하니까요. 씨앗을 애지중지 관리한 농부는 대지가 녹으면 논밭에 불을 놓아 숨어 있는 해충을 죽입니다. 농기계로 땅도 갈아엎습니다. 땅을 갈아엎어야 산소가 공급돼 기름진 땅을 만들 수 있으니까요. 자연스레 잡초도 제거되고 씨앗이 잘 자랄 수 있는 환경이 만들어집니다. 농부는 옥토로 가꾼 다음 아껴둔 씨앗을 뿌립니다. 그렇게 농부의 마음에도 씨앗이 뿌려지죠.

가슴 속에 소원을 품는다는 게 이런 의미 아닐까요? 씨앗을 파종하는 농부의 마음처럼 준비하고 기대하며 자신이 할 수 있는 일에 최선을 다하는 것. 그리고 자신이 뿌린 씨앗이 비와 바람, 햇빛을 잘 견디기를 바라는 것 말입니다.

『성경』에는 간절함으로 소망을 이룬 바디매오의 이야기가 나옵니다. 앞을 볼 수 없는 바디매오는 예수가 마을을 지나간다는 소식을 듣고 길목에 자리 잡고 앉아 소리칩니다.

"다윗의 자손 예수여, 나를 불쌍히 여기소서."

그러자 주변 사람들이 조용히 하라며 바디매오를 꾸짖었습니다. 하지만 바디매오는 아랑곳하지 않고 더 큰 소리로 예수를 불렀습니다. 그 소리에 예수가 반응합니다.

"내가 네게 무엇을 주기를 원하느냐?"

바디매오는 잠시의 망설임도 없이 이렇게 말합니다.

"보기를 원하나이다."

그러자 예수는 바디매오의 눈을 즉시 뜨게 해주었을 뿐 아니라 그의 태도를 칭찬해주기까지 했습니다.

지금 누군가 당신에게 "네게 무엇을 해주기를 원하느냐?"라고 물어오면 어떤 요구를 할 건가요? 아니면, 눈앞에서 별똥별이 떨어지고 있다면 어떤 소원을 빌 건가요? 아주 짧은 순간이라도 툭! 하고 튀어나올 만큼 간절하게 원하는 소원이 있나요? 그런 소원을 씨앗으로 가슴 속에 품고 있다면 어떨까요? 그 마음은 이미 소원을 이룬 것처럼 설레고 떨릴 겁니다. 이미 마음속에서 어떤 열매가 열릴 것인지 훤히 내다볼 수 있으니 삶에 대한 기대와 소망도 넘칠 테지요. 봄의 기운이 싹틀 때 씨앗을 뿌리는 농부의 마음처럼 말입니다.

씨앗은 싹을 틔우고 자라는 동안 병충해나 태풍 탓에 이미 어느 정도 자란 열매를 잃기도 합니다. 때론 가뭄으로 잎과 줄기가 말라버리는 고난도 있겠죠. 그러나 어려움에 미리 걱정하고 두려워하면 하나의 씨앗도 심을 수 없을 겁니다.

우리 역시 기대를 가슴에 품어야겠습니다. 열매는 우리가 맺는 것이 아니라 다양한 요소들이 복합적으로 작용해야 가능한 영역입니다. 내가 씨앗을 뿌리고 가꾸어도 햇빛과 비와 바람이 도와줘야 합니다. 우리가 해야 할 일은 씨앗을 파종하고 가꾸는 것입니다. 씨앗에서 원하는 삶의 열매가 맺힐 거라는 믿음으로 오늘을 사는 것이 내 삶의 기적을 만들어낼 수 있습니다.

마음에 반응하는 태도

지금 자신이 하고 싶은 일의
가능성을 따지며 고민하고 있나요?

그런데,
꿈 앞에서 가능성을 따지는 것은 의미가 없어요.
꿈은 미래에 일어날 일이기 때문이죠.
미래에 일어날 일을
현재의 관점으로 분석해봐야 소용없어요.

이미 꿈을 이룬 사람들은 가능성을 따지지 않았어요.
자기 내면의 울림에 반응한 사람들이에요.

도저히 포기할 수 없고,
꼭 해보고 싶고,
반드시 해야 할 일들에
적극적으로 반응하며 시도하고 도전한 거예요.

마음의 소원은 이렇게 이루어가는 거랍니다.
내 마음속에서 꿈틀거리는 소원은 무엇인가요?

늦은 건 아닐까?

　교사가 되고 싶어 사범대에 진학했습니다. 나름 열심히 공부했고 적성에도 맞는 것 같았습니다. 하지만 임용고시에 낙방하게 되었죠. 될 때까지 공부하고 도전했다면 다른 삶을 살 수 있었을 텐데 그럴 만한 자신이 없었습니다. '학교 선생님이 아니어도 학생들과 만날 수 있는 곳이면 되지'라는 생각으로 사교육현장으로 발을 내디뎠습니다.

　학생들과 만나는 시간이 즐거웠습니다. 성적보다는 마음을 보살피는 것에 더 관심을 두고 꽤 오랜 시간을 학생들과 함께했습니다. 그러다 심신이 지치고 병원 신세를 지는 일이 많아졌죠. 더는 일을 지속할 수가 없었습니다. 쉬는 시간을 가지면서 어느 정도 회복이 되었습니다.

　다시 무엇을 해야 할지 고민이 시작되었습니다. 이전에 했던 일을 계속해야 할지, 새로운 일을 알아봐야 할지 어느 것 하나 쉽지 않습니다. 주름살이 생기기 시작하니 '이 나이에 너무 늦은 건 아닐까'라는 걱정이 들었습니다. 무엇이든 도전하면 될 것 같았던 젊은 시절의 패기가 없어서인지 자신감이 부족해지고 시도조차 어렵게 되었습니다.

열매를 거두기 위해선 씨를 뿌려야 할 때가 있고 가꾸고 돌보아야 할 때가 있습니다. 땀을 흘려야 할 때가 있고 가만히 두고 기다려야 할 때도 있지요. 분명한 사실은 때를 놓치고 나면 좋은 열매를 거두기 어려울 수 있다는 겁니다. 그런데 인생의 씨앗을 뿌리고 열매를 맺어가는 것에는 조금 다른 시각이 필요합니다.

어느 시기에 꿈의 씨앗을 품고 뿌려야 할까요? 언제쯤 가꾸고 이뤄내야만 할까요? 사칙연산처럼 확실한 답을 찾을 수 있다면 좋으련만 인생에 정답은 없습니다. 정답이 없다는 것은 오답도 없다는 이야기가 됩니다. 그러니 언제 어느 때 바라는 이상을 품고 나아가야 할지 고민하지 않아도 될 것 같아요. 나이가 들어도 하고 싶은 일을 발견하면 얼마든지 시도하고 도전하면 됩니다. 중요한 것은 도전할 수 있는 마음의 준비가 되었느냐는 것입니다.

나이가 들어도 하고 싶은 일에 도전하며 의미 있는 인생을 살아가는 사람들이 많습니다. 그들은 나이에 연연하지 않습니다. 오히려 성숙한 인생의 지혜로, 능수능란하고 유연한 태도로 바라는 삶을 살아갑니다. 그들의 이야기에 많은 사람이 '그래 나도 할 수 있어'라는 마음을 품습니다.

50년간 정신과 전문의와 교수로 학생들을 가르쳐온 이근후 교수가 있습니다. 자기 인생 성찰을 『나는 죽을 때까지 재미있게 살고 싶다』에 담아냈습니다. 그는 76세에 고려대 사이버대학 문화학과를 최고령의 나이로 수석 졸업했죠. 나이가 중요한 것이 아니라 배우고 익히는 과정에서 재미를 느낄 수 있었다며 이렇게 전합니다.

"평생 해온 공부의 단계를 놓고 보면, 일흔 넘은 나이에 사이버대학에서 시작한 공부가 제일 재미있었다. …… 나이 들어서 공부는 뒷에 쓰려 하느냐, 쓸데없는 일에 시간 낭비하지 말라고들 한다. 그런데 공부가 꼭 쓸데가 있어야 하는 것은 아니다. 톨스토이는 노년에 이탈리아어를 배우기 시작했다. 이탈리아어의 어떤 매력이 호호백발 톨스토이의 호기심을 건드렸을 것이다."

이근후 교수는 톨스토이도 이탈리아어를 배우며 얻은 호기심으로 왕성한 활동을 했을 거라고 이야기합니다. 나이에 상관없이 배움을 강조한 것이지요. 늦은 나이에 배운 것으로 괄목할 만한 성과는 내지 못했더라도 자기 인생의 보람과 의미를 찾을 수 있으니 그것으로도 충분했을 것입니다.

해리 리버먼이라는 사람은 은퇴 후 76세에 처음으로 붓을 들었습니다. 그리고 81세에 본격적으로 그림을 공부하기 시작했습니다.

시니어 클럽에서의 10주 교육과정이 전부였지만 내면에 숨겨져 있던 재능이 꿈틀거리는 걸 느낄 수 있었습니다. 누구도 흉내 낼 수 없는 자신만의 그림을 그리게 된 것이죠. 그때부터 그는 고향인 폴란드의 기억을 되살려 그림을 그리기 시작했습니다. 유대인의 평범한 일상과 탈무드 이야기, 구약성경의 이야기도 그림의 소재가 되었죠. 어렸을 때 랍비가 되려고 했던 소망이 그림으로 표현된 것입니다. 그리고 101세까지 22회의 개인전을 열었습니다.

이제는 '미국의 샤갈'이라고 불리는 리버먼은 이렇게 말했습니다.

"몇 년이나 더 살 수 있을까 생각하지 말고 내가 어떤 일을 더 할 수 있을까 생각해보세요. 무언가 할 일이 있는 것, 그게 바로 삶입니다."

너무 늦을 때란 없습니다. 하고 싶고 원하는 일에 도전하지 못하는 용기가 없을 뿐입니다. 마음이 움직이는 것에 반응하며 도전해보면 됩니다.

소설가 박완서는 마흔 살에 『나목』이 당선되면서 글을 쓰기 시작했습니다. KFC를 창업한 흰 수염 할아버지 커넬 샌더스는 65세에 첫 매장을 열었습니다. 그리고 무려 1008회의 문전박대를 당하고 1009번째에 계약에 성공해서 성공신화를 써나갔습니다. 괴테는 불멸의 역작 『파우스트』를 죽기 한 해 전인 82세에 완성했습니다. 그는 숨을 거둘 때 "언제나 갈망하며 애쓰는 자, 그를 우리는 구원할 수 있다"라는 말을 남기기도 했습니다.

　너무 늦은 때란 마음의 결정에 따라 달라집니다. '늦은 건 아닐까?'라는 되물음보다 '내가 어떤 일을 더 할 수 있을까?'라는 물음이 필요합니다. '어떤 일을 더 할 수 있을까'라는 갈망에 생물학적인 나이는 걸림돌이 될 수 없습니다. 마음에서 지는 것이 제일 큰 걸림돌입니다. 다시 해보겠다는 갈망과 도전이 삶의 기적을 만나는 시작점입니다.

바람과 물처럼

바람은 불어야 바람이고
물은 흘러야 물이 될 수 있듯이
우리의 삶도 끊임없이 움직이고 흘러야 해요.

움직이지 않고 고여 있는 삶에는
어떤 생명도 살아갈 수 없으니까요.

도전하지 않고 현실에 안주하는 삶에는
어떤 소망도 태어나지 않는답니다.

오늘 내가 할 수 있는 일

    결혼 전에는 남편이 작가가 되고 강연가가 될 거라고 단 1퍼센트도 생각하지 않았습니다. 남편은 몸을 주로 쓰는 개인사업을 하고 있었기 때문입니다. 작가가 되겠다는 이야기조차 들어본 적이 없었습니다. 작가와 관련된 어떤 연관성도 없이 살았습니다.

    남편의 권유로 교회학교 아이들을 위해 제 전공인 국어교육과의 연관성을 생각해 독서지도사 공부를 하게 되었습니다. 교회 아이들에게 책을 읽히고 싶은 순수한 마음으로 결정한 것입니다. 남편도 저에게만 맡길 수 없었는지 울며 겨자 먹기로 독서지도사 공부를 시작했습니다. 그렇게 시작한 공부가 지금 작가의 길을 열게 한 것입니다.

    남편은 과제도 버거워했습니다. 독후감 한 편 쓰는 것조차 어려워해 저에게 어떻게 글을 써야 하느냐며 수없이 물었습니다. 제가 남편의 글쓰기 스승이었지요. 그런데 지금은 전세가 역전되었습니다. 제가 쓴 글을 남편이 코치하고 있으니까요.

같이 공부를 시작했는데 저는 주부로 남았고 남편은 작가의 길을 걷고 있습니다. 왜 이런 결과가 만들어졌을까요. 돌이켜보면 남편은 자신의 한계 앞에 주저앉지 않았습니다. 저는 힘이 들면 한계를 넘어볼 생각보다는 안주하는 편을 택했고요. '결심과 노력만으로 안 되는 것도 있는 거야' 하며 현실을 빨리 긍정하고 말았죠.

살다 보면 삶의 나이테가 늘수록 내 힘으로 안 되는 일이 많다는 것을 깨닫게 됩니다. 젊었을 때는 모든 것을 할 수 있을 것 같았습니다. 청춘이라는 특권으로 불가능을 넘어선 도전이 아름답기까지 했지요.

하지만 세월의 무게가 더해질수록 마음대로 안 되는 것이 있다는 것을 알게 됩니다. 도전할 기회조차 얻기 힘든 시대를 살기에 결심도 노력도 부질없는 것이 아닌가 생각하게 되죠. 원하는 목표, 자식에 거는 기대, 사업에 대한 전망, 사람과의 관계들이 바라는 대로 다 이뤄지는 것도 아닙니다. 그렇다고 모든 것을 내던지고 도망칠 수도 없는 노릇이지요.

이렇게 살길이 막막하고 무엇을 해야 할지 모르겠다면 지금 하는 일에 최선을 다해보는 겁니다. 알프레드 디 수자의 유명한 시처럼 한 번도 상처받지 않은 것처럼 사랑하고, 아무도 듣고 있지 않은 것처럼 노래하고, 돈이 필요하지 않은 것처럼 일을 해보는 겁니다. 오늘이 마지막 날인 것처럼 하루하루를 살아보자 마음먹는 거죠.

남편이 작가가 되는 길은 쉽지 않았습니다. 숱하게 좌절하고 실패의 쓴맛을 봐야 했죠. 그래도 포기하지 않고 오늘 해야 할 일에 최선을 다하며 보냈습니다. 책을 읽어야 하면 시간을 쪼개서 읽었고, 글을 써야 하면 죽이 되든 밥이 되든 쓰더군요. 도대체 무슨 생각으로 글을 썼는지 모르는 글도 있었지만 포기할 줄 모르고 해야 할 일을 묵묵히 수행했습니다.

지금 하는 일에 최선을 다하다 보면 우연한 기회에 가슴 뛰는 일과 만나게 될지도 모릅니다. 오늘이 마지막인 것처럼 살다 보면 그것이 자신이 해야 할 평생의 사명이 되기도 합니다. 의외로 많은 사람이 이런 삶을 살았습니다.

혹독한 병마와 싸우면서도 사람들에게 희망과 긍정적인 삶을 보여주었던 장영희 교수가 그렇습니다. 장애를 안고 살아가면서 어렵고 힘든 일을 맞닥뜨렸을 때 그녀가 내린 선택을 『내 생에 단 한 번』에서 이렇게 밝혔습니다.

"마치 나는 땅바닥에 앉아 있고 다른 사람들이 그런 나를 에워싼 채 보고 있는 듯한 느낌, 얼른 일어나 도망가고 싶지만 일어설 수도 도망갈 수도 없는 당혹감, 너무 부끄러워 당장이라도 땅속으로 꺼지고 싶은 심정이다. 그런데도 이렇게 책을 엮게 된 것이 무척 자랑스럽다. …… 못한다고 아예 시작도 안 하고, 잘 못 한다고 중간에서 포기했다면 지금쯤 내가 할 수 있는 일이 무엇이 있을까."

나아갈 길이 보이지 않고 뭘 해야 할지 모르겠다면 지금 할 수 있는 일을 떠올려보세요. 최선을 다해서 할 수 있는 것만 생각하는 지혜가 필요합니다. 그렇게 묵묵히 오늘을 살다 보면 인생의 기적과 같은 선물이 자신의 삶에 스며든 것을 발견할 수 있을 겁니다. 우리의 삶은 오늘의 연속이고, 오늘은 내 인생을 변화시켜줄 유일한 내 편이기 때문입니다.

원하는 것에 집중하기

원하는 삶을 살고 싶은데 뜻대로 되지 않을 때가 많아요.
현실 안주, 실패에 대한 두려움, 게으름, 잘못된 습관과 같은
삶의 발목을 잡는 것 때문에 그래요.

삶의 발목을 붙잡는 것들은 참 떨쳐내기가 어렵습니다.
아무리 노력해도 원상태로 복귀할 때가 부지기수죠.

이때는 삶의 발목을 잡는 것을 떨쳐내기보다는
내가 원하는 삶을 향해 나아가는 것이 필요해요.

미움 대신 사랑을
절망 대신 희망을
슬픔 대신 웃음을
불평 대신 감사를
포기 대신 도전을.

마음의 힘을 원하는 것에 집중하면
원치 않는 마음은 자연스레 밀려 나간답니다.

네 잎 클로버를 찾고 있나요?

많은 사람이 대박인생, 역전인생을 꿈꾸며 오늘을 살아갑니다. 경기가 악화되면 로또 판매량이 늘어난다고 하죠. 현실을 벗어나기 위해 꾸는 꿈일 겁니다. 기회만 있으면 보란 듯이 살아갈 수 있다고 생각합니다. 그러나 로또에 당첨된 사람들의 70퍼센트가 불행한 삶을 산다는 결과를 보면 기회가 왔다고 꿈꾸는 것처럼 멋지게 살아지는 것은 아닌가 봅니다.

기회가 왔을 때 그 기회를 잘 활용할 수 있는 사람은 준비된 사람입니다. 지금 내가 번 돈을 효율적으로 관리하지 못하면 로또가 당첨되어도 결국 얼마 지나지 않아 이전의 삶으로 회귀하고 맙니다.

프랑스 화학자 파스퇴르는 "행운이란 마음의 준비가 되어 있는 자에게만 미소를 보낸다"라고 말했습니다. 기회란 스스로 찾아내야 하는 것이란 얘기입니다. 준비된 사람이 기회를 발견할 수 있습니다. 준비가 되지 않은 사람은 눈앞에 기회가 지나가도 그것이 기회인 줄 모르고 그냥 흘려보낼 수밖에 없습니다. 그 준비는 자신이 하고 싶은 것에 대해 끊임없이 탐구하고 열정을 쏟아붓는 것입니다. 그런 행동이 뒷받침되어야 진짜 기회가 왔을 때 그것을 발견할 수 있습니다.

미국 크라이슬러 자동차 창업주인 월터 크라이슬러는 사람들이 성공하지 못하는 이유를 이렇게 말했습니다.

"기회가 앞문을 두드릴 때 뒤뜰에 나가 네 잎 클로버를 찾기 때문이다."

매우 현실적이면서도 피부에 와닿는 이야기입니다. 월급쟁이였던 크라이슬러는 퇴근 후 밤을 새워가며 자동차를 분해하고 조립하기를 반복하면서 피나는 노력을 했습니다. 그 결과 자동차에 문외한이던 그가 자동차 박사가 됐고 자동차 회사까지 세우게 됩니다. 크라이슬러의 집념과 성장하고자 하는 욕구가 오늘날의 그를 만들었습니다. 기회는 도깨비방망이처럼 한번 두드리고 간절히 원한다고 해서 주어지는 것이 아닙니다. 자신이 하는 일에 온 신경을 곤두세우고 있을 때 발견할 수 있는 것입니다.

모죽毛竹이라는 대나무가 있습니다. 이 대나무는 씨를 뿌리고 난 후 거름과 물을 주며 정성껏 돌봐도 싹이 돋아나지 않는다고 합니다. 무려 5년을 새싹 하나 돋아낼 기미조차 보이지 않죠. 그러다가 5년이 지나면 불쑥 싹을 틔우고 하루에 무려 80센티미터씩 자라기 시작합니다. 30미터가 될 때까지 거침없이 하늘로 치솟아 오릅니다.

대나무가 자라길 5년이나 기다리다 지친 사람들은 빨리 자란 만큼 쉽게 쓰러질 거로 생각했습니다. 모죽의 뿌리가 견딜 수 없을 것이라 생각한 거죠. 그들은 뿌리를 확인하기 위해 땅을 파보기로 했습니다. 그런데 이게 웬일인가요. 모죽의 뿌리는 사방팔방으로 얽히고 설켜 파도 파도 끝이 보이지 않았습니다. 파낸 뿌리를 합쳐보니 길이가 무려 4킬로미터에 달했습니다. 모죽은 5년 동안 하루아침에 자랄 것을 대비해 땅속 깊이 뿌리를 뻗어간 것입니다. 기회가 왔을 때 버틸 힘을 축적하면서요.

모죽을 통해 우리가 생각해볼 수 있는 것은 무엇일까요? 기회가 오기를 막연히 기다릴 것이 아니라 기회가 찾아왔을 때 비상할 수 있도록 평소에 준비하는 것입니다. 겉으로 나타나는 변화가 없을지라도 언젠가는 스쳐지나가는 기회를 낚아챌 수 있도록 최선을 다하는 겁니다.

그런데 그런 노력이 쉽지만은 않습니다. 삶이 나아지지 않는데도 계속 열정을 쏟아붓기는 어렵습니다. 언제까지 최선을 다해야 할지 모르니 불안은 삶을 송두리째 삼킬 정도로 매섭습니다. 그런데도 기회가 찾아왔을 때 그것을 자신의 것으로 만들려면 견디고 이겨내야 합니다. 뿌리를 내리는 것을 소홀히 여기면 높이 성장할 수 없으니까요.

누구에게나 기회는 찾아옵니다. 다만 준비된 사람이 기회를 발견하고 낚아채 자신의 것으로 만들 수 있습니다. 그런 날을 대비해 오늘 하루 내 삶에 뿌리를 내리는 노력이 필요합니다. 지금 당신은 인생역전을 꿈꾸며 네 잎 클로버를 찾고 있나요? 아니면 기회가 다가왔을 때 놓치지 않기 위해 묵묵히 준비하고 있나요? 여기에 대한 답이 미래의 나를 만드는 척도입니다.

인 간 의 본 성

서 있으면 앉고 싶고,
앉아 있으면 눕고 싶고,
누워 있으면 자고 싶어 하는 게 사람입니다.

어제와 다른 삶은
본성을 거스르는 행동에서 이루어집니다.

자고 싶을 때 깨어 생각하고,
눕고 싶을 때 앉아 배우고,
앉고 싶을 때 일어나 움직일 때
오늘보다 나은 내일을 살 수 있습니다.

배우는 기쁨

    남편은 취미로 춘란을 키웁니다. 글을 쓰며 쌓인 피로와 스트레스를 해소하기 위해 춘란을 기르기 시작했죠. 글을 쓰다가 막히거나 힘들면 산으로 향합니다. 이 산 저 산 다니면서 난초를 산채해 키웁니다.

    난초에 문외한인 나에게는 풀 같은 화초일 뿐인데 베란다에서 키우려면 배양 정보와 기술이 필요한 것 같았습니다. 난초에 대한 지식을 배우기 위해 남편은 난 가게를 찾아가 묻고 난초 선배를 찾아다니더군요. 굳이 자존심 상하는 말을 들어가면서까지 난을 키워야 하는지 의문이 들었습니다.

    남편은 배우지 않으면 제대로 할 수 없다는 생각에 많은 시간을 들여서 공부했습니다. 그 과정이 너무 재미있고 기쁘다고 하더군요. 스트레스를 풀기 위해 시작한 취미생활이 삶에 활력소가 된 것입니다. 그것만으로는 성이 차지 않았는지 더 깊이 있게 배우려다 대한 민국 난초 명장을 만났습니다. 그분과 인연을 맺고 『한국춘란 가이드북』 두 권이 세상에 나오는 데 조력자 역할을 톡톡히 했습니다.

공부가 마냥 즐거웠고 교과서 중심으로 공부했더니 이 자리에 올수 있었다는 수능 만점자 외에는 공부가 즐거웠다고 말하는 사람은 거의 없습니다. 경쟁하면서 성적을 올려야 하는 공부에서 즐거움을 발견하기란 참 어렵습니다. 대부분이 배우는 기쁨이 뭔지 모른 채 무조건 배움에 임할 수밖에 없었던 것입니다.

하지만 배움에는 기쁨이 뒤따르며, 그렇게 열중하다 보면 의미 있는 결과도 자연스레 만들어지는 것 같습니다. 그렇다고 뭔가를 배운다고 해서 어떤 결과를 꼭 만들어야만 하는 것은 아닙니다. 악기를 배워서 모두 프로 연주자가 되지 않아도 됩니다. 악기를 배우고 익히는 동안 기쁨을 느끼며 어제보다 오늘 조금 더 성장하고 성숙할 수 있다면 그것이 진정한 배움의 의미가 아닐까요.

"배우고 때때로 그것을 익히면 또한 기쁘지 않은가?"

『논어』의 시작을 알리는 문장입니다. 여기서 때때로는 '가끔'이나 '시간 날 때'라는 의미가 아닙니다. '배운 것을 적용할 기회가 있을 때마다 수시로 반복하여 익힌다'라는 의미로 이해해야 합니다.

"배운 것을 늘 자신의 것으로 익히는 시간이 기쁘지 않냐?"라고 공자는 되묻습니다. 배움의 과정에 즐거움이 더해져야 한다는 말입니다. 배운 것을 온전히 자신의 것으로 만들기 위해서는 반복된 시간이 필요합니다. 반복의 시간이 더해질 때 지식은 지혜로 발현이 됩니다. 살아 있는 역동적인 지식으로 변환이 되는 겁니다.

공자는 배움의 진보를 위해서는 생각하는 과정이 필요하다고 말합니다. 이 이야기는 『논어』「위정 편」에 나옵니다.

"배우기만 하고 생각하지 않으면 막연하여 얻는 것이 없고, 아무리 생각해도 배우지 않으면 위태롭다."

배운 지식을 깊게 사색하라는 의미도 있지만, 더 넓게 보면 실천의 중요성을 강조하는 말에 가깝습니다. 배움이 실천으로 이어진 공부일 때 인생이 변화될 수 있기 때문입니다.

그렇다면 배움이 모든 사람의 성장을 뒷받침해줄까요? 그렇다고 대답하기는 어렵습니다. 시간과 노력보다 배움의 효율성이 떨어지는 경우가 많기 때문입니다. 그 의미는 '인간을 인간답게 길러라'라는 신조로 자연주의 교육을 주창한 장 자크 루소의 이야기에서 찾아보면 좋을 듯합니다. 그는 『에밀』에서 배움의 진보를 위한 교육을 위해 이렇게 조언합니다.

"질투심이나 허영심 때문에 공부한다고 하면 차라리 배우지 않는 게 좋다. 다만 나는 그가 이룩해온 진보를 해마다 기록하여 그것을 다음 해에 이룩한 진보와 비교해보도록 할 것이다. '너는 어떤 면에서 성장하였다. 전에는 이 정도까지 할 수 있었는데 지금은 더 잘할 수 있을까?'라고 말하면서 자기 자신을 경쟁 상대자로 삼게 할 것이다. 그는 틀림없이 전보다 잘하려고 노력할 것이다."

남과 경쟁하지 말고 자신을 경쟁상대로 삼아야 한다는 메시지입니다. 그러면 배움의 진보는 자연스레 뒤따라온다는 것이죠. 다른 사람과 경쟁에 길든 우리가 쉽게 받아들이기 힘든 말 같지만, 곰곰이 생각해보면 루소의 말이 맞습니다. 어제의 나보다 조금 더 성장하겠다는 목적으로 배움에 임한다면 기쁨이 넘칠 것입니다.

지금 어떤 자세로 배움에 임하고 있나요? 경쟁에서 이기기 위해, 조금 더 유리한 위치를 선점하기 위해 배우고 있나요? 아니면 자기 내면의 성장과 발전을 위해서인가요? 배움의 자세를 점검하는 것이 오늘의 삶에서 기적을 만들어내는 원동력이 됩니다. 그런 배움은 전쟁터가 아니라 설레고 희망 가득찬 인생 여행길이 될 것입니다.

색칠하는 기쁨

'반드시'라는
강박관념에 사로잡혀 있으면
자신뿐만 아니라
주변 사람들까지 힘들게 해요.

때로는 나사 하나 빠진 듯이 살아도 돼요.
그것이 인간미 있고 여유 있게 사는 지혜예요.

삶은 완벽한 것에서 출발하지 않아요.
부족한 부분을 채우고 완성해가는 거예요.

인생은 밑그림만 그려져 있는 도화지에
색을 칠하며 완성해가는 기쁨을 맛보며 사는 거니까요.

나는 어떤 마음을 선택하는가?

결혼하고 얼마 지나지 않아 남편은 하던 일을 그만두고 저와 함께 학생을 가르치는 일을 시작했습니다. 그리고 5년이 지나서는 글을 쓰는 일을 하게 됐죠. 2010년 출판 계약을 하고 2011년 첫 책이 나왔을 때는 '아, 이제는 다른 삶을 살게 되겠구나'라고 생각했습니다. 출간된 책이 베스트셀러가 되면 인세를 엄청 받아서 경제적으로 나아질 거라는 거창한 꿈을 꾸었죠.

그러나 꿈꾸는 일은 일어나지 않았습니다. 베스트셀러가 되지 않은 작가가 벌 수 있는 돈은 상상 이하였으니까요. 그 후 남편은 1년 8개월 동안 투고한 원고가 90번의 퇴짜를 맞았습니다. 91번째에 책이 계약되고 두 번째 책이 나왔습니다. 그 후로도 여러 권의 책이 출간되었지만 경제적인 상황은 더욱 좋지 않은 쪽으로 흘러갔습니다.

돈이 없어서 겪은 어려움은 거의 다 겪어본 것 같습니다. 가겟세가

밀리고, 카드값이 연체되고, 보험료가 실효되고, 아이들이 사고 싶고 먹고 싶다는 것은 항상 미뤄야 하는 상황이 지속되었습니다. 고난 속에서 내가 배워야 할 것이 무엇인지 묻고 물었던 시간이었죠.

어떤 날은 너무 무거운 절망이 저를 눌러서 일어서기조차 힘들었습니다. 또 어떤 날은 끝이 있는 터널을 통과하는 중임을 믿으며 기쁨과 감사로 하루를 시작했습니다. 제가 절망을 선택하든 희망과 기쁨을 선택하든 상황이 바뀌는 것은 아니었지만 그 선택에 따라 하루를 살아가는 마음은 완전히 다른 결과를 가져왔습니다.

> 4월은 가장 잔인한 달
> 죽은 땅에서 라일락을 키워내고
> 기억과 욕망을 섞어서
> 봄비로 잠든 뿌리를 뒤흔든다.
> 차라리 겨울은 우리를 따뜻하게 했었다.
> 망각의 눈雪으로 대지를 덮고
> 마른 구근球根으로 가냘픈 목숨을 먹여 살려주었다……

T. S. 엘리엇의 「황무지」라는 시의 첫 단락입니다. 4월을 잔인한 달이라고 부르는 데는 이 시의 영향이 큽니다.

마른 땅을 뚫고 싹을 틔워야 하는 현실의 두려움과 험난한 세계로 나가야 하는 상황이 고스란히 느껴집니다. 험한 세상으로 나가려는 두려움은 눈으로 땅을 덮어주고 이전 해에 맺고 있던 영양분으로 생명을 유지해주던 겨울이 오히려 따뜻했다는 위안을 읊조리게 합니다. 그런데도 이제는 바깥세상으로 나가야 합니다. 나가기 싫은데도 자꾸만 봄비로 흔들어 깨우며 숙명을 받아들이라고 재촉하니까요. 그래서 잔인하다는 것입니다.

어떤 이는 싹이 났지만 꽃을 피우지 못해 잔인한 달이라고도 해석합니다. 그 이유는 땅이 씨앗을 틔울 수 없는 황무지이기 때문입니다. 황무지에서는 싹을 틔우고 꽃을 피울 수 없습니다. 아무리 발버둥쳐도 소용없기에 차라리 땅속에 웅크리고 있는 겨울이 낫다고 봅니다. 봄이 오지 않았으면 하는 마음이 굴뚝같을 것입니다. 그런 상태가 잔인한 것이라고요.

그럼 어떻게 하면 잔인함을 이겨낼 수 있을까요? 황무지를 옥토로 바꾸는 작업이 필요합니다. 옥토에서는 어떤 씨앗도 쉽게 싹을 틔우고 풍성한 열매를 맺을 수 있으니까요. 옥토에서는 30배, 60배, 100배의 결실을 거둘 수 있습니다.

황무지를 옥토로 바꾸는 것은 마음을 새롭게 하는 것입니다. 안 될 것 같고 죽을 것 같을지라도 조금이라도 좋은 생각을 하고 좋은 면을 바라보는 노력을 하는 것이죠. 세상으로 나가야 하는 숙명을 받아들이는 것도 중요합니다. 언제까지 웅크리고 숨어 있을 수만은 없습니다. 다시 삶의 세계로 돌아가 보란 듯이 싹을 틔우고 가지를 뻗어 꽃을 피워야 하니까요. 그게 우리가 이 세상에 태어나 살아내야할 삶의 이유입니다.

아우슈비츠와 나치 수용소에서 살아남은 사람들은 마음의 태도를 바꿈으로 생명을 건질 수 있었습니다. 그들은 '곧 살아 나갈 수 있을 거야'라는 막연한 낙관주의자들이 아니었습니다. 그렇다고 지나치게 비관적인 사람들도 아니었습니다. 현실을 직시하며 자신의 마음을 바꾸었습니다.

'여기서 죽을 수도 있어. 그래도 정신 바짝 차리고 있어야 해. 생명을 포기할 수는 없잖아.'

헛된 망상도 비관도 하지 않으면서 자신이 할 수 있는 일을 했습니다. 매일 아침 일어나 세수를 하고 유리조각을 주워 면도했습니다. 자기 자신을 깨끗하게 유지하면서 기회가 올 날을 기다렸습니다. 그 결과가 인생을 계속해서 이어갈 수 있게 해주었습니다. 그 주인공이 바로 『죽음의 수용소에서』를 쓴 빅터 프랭클입니다.

강제수용소에서 빅터 프랭클은 상황을 바라보는 마음의 태도를 바꿨습니다. 평범한 삶에서는 당연했던 모든 인간적 목표들이 그곳에서는 철저히 박탈당했기 때문입니다. 남은 것이라고는 오로지 '인간이 가지고 있는 자유 중에서 가장 마지막 자유'인 '주어진 상황에서 자신의 태도를 보일 수 있는 자유'뿐이라는 사실을 그는 깨달았던 것입니다. 그것이 잔인하게 펼쳐지는 삶을 이겨낼 수 있었던 비결이었습니다.

절망은 사랑하지 못하게 합니다. 마음이 절망으로 가득하니 남편과 아이들, 일, 다른 사람과의 관계 모두를 수렁으로 빠뜨렸습니다. 하지만 내 마음의 태도가 바뀌고 나니 현재 상황은 큰 문제가 되지 않았습니다. 감사할 수 있는 마음이 넘치는 자신을 볼 수 있었죠. 지금도 고난의 시간을 통과하는 중입니다. 낮아지고 겸손을 배우는 시간 속에 감사함으로 삶의 태도를 훈련받고 있습니다.

당신의 마음속 계절은 몇 월인가요? 아직 꽁꽁 얼어 있는 12월인가요, 아니면 세상에 나가는 것을 두려워하며 망설이는 4월인가요? 마음의 계절을 바꿀 수 있는 순간은 바로 지금이며 삶을 대하는 태도에 달렸다는 것을 잊지 마시길 바랍니다.

어디를 보고 있나요?

자기 인생에 만날 먹구름만 끼었다고
불평한 사람이 있어요.

하지만 어떤 이는
먹구름 속에서도 밝은 태양을 봅니다.

긍정의 마음으로 보면
먹구름이 낀 날에도 빛이 보이고,
부정의 마음으로 보면 화창한 날에도 어둠을 봅니다.

그대가 바라보는 시선에 따라
오늘과 내일의 삶이 달라진다는 것을 기억하세요.

그대 마음의 눈은 지금 어디를 향해 있나요?

실수와 실패는 의연하게

〈서민 갑부〉라는 프로그램을 즐겨 봅니다. 평범한 사람들이 성공을 하게 되는 과정을 보여주죠. 연 매출과 그들이 가진 자산을 보면 놀랍기도 하고 부럽기도 합니다. 그렇게 남들이 부러워하는 자리에서 주목도 많이 받지만, 모든 출연자의 공통점은 숱한 실패를 경험했다는 사실입니다. 단 한 명도 눈물과 땀 없이 그 자리에 오른 사람은 없습니다.

사람들은 대개 결과만 바라봅니다. 그 자리에 오르기까지 흘렸을 실패의 고통, 눈물과 땀에는 관심이 없죠. 그러고는 자신도 그들처럼 하면 쉽게 성공할 수 있다고 생각합니다. 하지만 출연자들처럼 실패와 고통을 맛보지 않고는 결코 그 자리에 오를 수 없다는 것을 언젠가는 깨닫게 됩니다.

누군가 성공했다는 이야기를 들었나요? 그렇다면 그 사람이 지나온 아픈 실패의 과정도 함께 봐주길 바랍니다. 연 매출, 자산, 유명세 이런 것 말고요. 남몰래 울고 포기하고 싶었지만 한 번 더 용기를 내서 시도한 그 노력의 과정을 봐주세요.

꿈을 향해 가는 길에는 수많은 걸림돌이 있습니다. 사회적인 현상이든, 개인적인 상황과 역량이든 갖가지 걸림돌이 길을 가로막습니다. 도저히 앞이 보이지 않는 상황도 겪게 되죠. 내 힘과 능력으로는 해결할 수 없는 어려움에 부딪히면 나아갈 길이 캄캄합니다. '그래도 용기를 내봐'라는 조언도 귀에 들리지 않습니다. 하지만 우리는 포기하면 안 됩니다. 실패를 거듭하는 것이 인생이고 그것은 인간답게 살고자 하는 연습이기 때문입니다.

파울로 코엘료는 『연금술사』에서 실수와 실패에 반응하는 태도에 대해 이렇게 말했습니다.

"실수할지도 모른다는 두려움을 가져서는 안 돼. 실패할지도 모른다는 불안감이야말로 이제껏 '위대한 업'을 시도해보려던 내 의지를 꺾었던 주범이지. 이미 십 년 전에 시작할 수 있었던 일을 이제야 시작하게 되었어. 하지만 난 이 일을 위해 이십 년을 기다리지 않게 된 것만으로도 행복해."

실수와 실패의 두려움 때문에 시작하지 못한 꿈은 포기하기가 어렵습니다. 언젠가는 이뤄야 하는 꿈입니다. 인생을 마감해야 할 시기가 가까워질수록 꿈에 도전조차 하지 못했던 후회가 자신을 짓누르기까지 합니다. 실패할 것이 두려워 시도조차 못 한 자신을 부끄러워하며 넋두리를 늘어놓습니다.

 살면서 수많은 선택을 하게 되지만 그때마다 성공을 바랄 수는 없는 일입니다. 누구나 실수하고 실패하기 마련이란 걸 인정하고, 목표를 향해 포기하지 않고 나아가야 합니다. 성공한 사람들을 보면 자신이 내린 결정을 뒤돌아보지 않고 될 때까지 최선을 다했습니다. 존 밀턴의 말이 이를 증명해줍니다.

 "사람은 백 가지 일상 중 천 가지 선택의 기로를 마주한다. 하지만 인간은 어떤 선택을 해도 100퍼센트 만족 없이 후회하기 마련이며, 성공이란 이러한 후회들을 극복하고 자신이 한 하나의 선택에 최선을 다하는 것을 정의하는 것이다."

 밀턴의 말은 기우제에 한 번도 실패하지 않는다는 인디언 종족의 이야기를 떠올리게 합니다. 그들이 한 번도 실패하지 않는 이유는 비가 올 때까지 기우제를 지내기 때문입니다. 가뭄이 한창일 때 기우제를 지내는 그들을 상상해보십시오. 땀은 비 오듯 쏟아지고 뜨거운 햇볕으로 서 있기조차 힘들 것입니다. 타는 목마름으로 갈증을 해결하기 어려운 상황에서도 그들은 정성껏 기우제를 지냅니다. 다음 날 비가 올 것이라는 기대와 소망을 갖고 말이지요.

 비가 오지 않는 아침을 맞이할 때는 또 어떨까요? 어제의 수고와 노력이 헛된 것이었다는 실망감으로 온몸에 힘이 빠질 수도 있습니다. 그래도 그들은 포기하지 않습니다. 비가 올 때까지 마음을 다해 기우제를 올리면서 그들이 할 수 있는 일에 최선을 다합니다.

우리는 실패하고 넘어지기를 반복하며 살아갑니다. 그래도 다시 일어서서 가고자 하는 길을 걸어가야 합니다. 어떤 걸림돌도 당신의 인생을 가로막을 수 없습니다. 포기하지 않는 한 마음의 소원은 이루어질 수 있으니 믿음의 자세로 나아가면 됩니다.

니체의 말을 들으며 실수와 실패에 의연하게 대처하는 태도를 배웠으면 합니다. 그런 태도를 가질 때 내 삶의 희망의 불씨도 살아남을 수 있을 테니까요. 삶의 기적은 이렇게 다시 일어서는 용기 속에서 만들어집니다.

"인생의 목적은 끊임없는 전진이다. 앞에는 언덕도, 냇물도, 진흙도 있다. 나그네가 좋은 길만 걸을 수 없고, 배가 풍파를 만나지 않고 순조롭게 갈 수만은 없다. 고난을 이기면 기쁨이 온다."

마음을 이겨라

어제보다 오늘 더 단단해지기 위해서는
꿈의 길을 확실히 하고,
명확한 방향을 설정하고,
꼭 해야 하는 일을 찾아 실행하는 것입니다.

하지만 그보다 더 중요한 것이 있어요.
그것은 바로 어제보다 오늘 더 단단해지겠다고
마음을 다잡는 거예요.

마음에서 지면 모든 것에서 지게 되니까요.

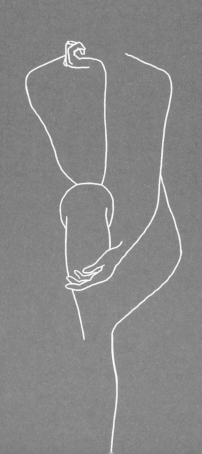

3장

상처에 멋지게 복수하는 법

상처에 멋지게 복수하는 법

어린 시절 짓궂은 장난이나 실수로 상처가 생긴 경우가 있습니다. 오랜 세월이 흘러도 남아 있는 상처를 보면 속이 상합니다. 눈에 보이지 않는 곳은 그래도 괜찮습니다. 얼굴에 남아 있는 상처 자국은 인상에 영향을 주고 볼 때마다 마음이 아파집니다. 근래에는 좋은 치료제와 약도 나오고 의료기술이 발달해 흉터를 없앨 수 있게 되어 다행입니다.

그러나 마음에 새겨진 상처는 쉽게 지워지지 않습니다. 온전히 치유하지 않으면 흉터가 남아 평생 삶의 발목을 잡고 말지요. 그렇다면 마음에 남겨진 상처의 흔적은 어떻게 없애야 할까요?

마음에 새겨진 상처는 대부분 사람에게서 받습니다. 가족이나 가까운 사람들에게 받는 경우가 많죠. 어렸을 때 받은 상처가 어른이 되면서 아물었을 것으로 생각하지만, 모기에 물린 자리가 다음 날 더 가렵고 아프듯이 마음의 상처는 시간이 지날수록 더 지독하고 아프게 우릴 괴롭힐 때가 있습니다. 특히 원하는 대로 일이 풀리지 않거나 고난 중에 있을 때면 더욱 기승을 부립니다.

안타깝게도 자신이 받았던 상처는 고스란히 다른 누군가에게 전달됩니다. 자신도 모르는 사이에 자기 상처를 다른 사람에게 주고 있는 것을 보게 되죠. 치유되지 않은 상처가 처절하게 복수를 하는 셈입니다. 자신만 무너뜨리는 것이 아니라 주변 사람들, 특히 가족들을 힘겹게 합니다.

가장 좋은 치유방법은 상처 준 사람이 진심으로 사과하고 용서를 비는 것입니다. 그러나 현실에서 이렇게 되기란 쉽지 않습니다. 상처를 주는 사람도, 받는 사람도 그것이 상처인지 모르기 때문입니다. 설령 안다고 해도 눈에 보이지 않는 상처에 대해 사과하기란 참 어렵습니다. 그것이 얼마나 중요한 일인지 알지 못하는 이유도 한몫합니다.

치유되지 않은 상처는 언젠가는 복수를 하는 시한폭탄과 같습니다. 중요한 순간마다 삶의 발목을 잡고 말죠. '나는 쓸모없는 사람인가 봐, 내가 잘 할 수 있는 일이나 있겠어, 언제 버림받을지 몰라'와 같은 생각에 사로잡힐 수 있습니다. 그러니 어떻게든 마음의 흉터를 제거하는 작업이 필요합니다.

과거의 아픈 상처에 복수 당하지 않으려면 그 시간에서 벗어나야 합니다. 철학자 키르케고르는 "우리는 과거를 이해할 수 있다. 그러나 우리는 미래를 살아야 한다"라고 말했습니다. 과거에 사로잡혀 자신을 학대하고 비난하는 것이 아니라 그 시간에 더 나은 미래에 대해 생각하라는 의미입니다.

그렇게 하기 위해서는 과거를 이해하는 과정이 필요합니다. 왜 그런 일이 일어날 수밖에 없는 상황이었는지를 살피는 것입니다. 지나온 시간이 이해돼야 서서히 과거에 집착하지 않을 수 있습니다. 과거는 돌이킬 수 없다는 것을 인식하고 받아들이겠다는 생각도 중요합니다.

베르톨트 브레히트의 시 중에 이런 시구가 있습니다.

지난 일은 지난 일.
포도주에 따른 물
다시 따라내진 못하리.
세상에 변하지 않는 것 없어라.
마지막 숨으로
다시 시작할 수 있으리.

포도주에 따른 물을 다시 따라내지 못하는 것을 인정하는 것입니다. 그러면 과거에서 해방될 수 있습니다. 헤르만 헤세는 "슬픔을 사랑하라. 저항하지도 말고 달아나지도 마라. 슬프게 하는 것은 당신의 반감일 뿐 그 어떤 것도 아니다"라고 말했습니다. 독일 최고의 심리상담가인 우르술라 누버는 "어린 시절 경험에 매달리지 마라. 인생은 결국 스스로 만드는 것이다"라고 이야기했습니다. 더는 아프게 하는 것들에 집착하지 말라는 것입니다. 있는 그대로의 자신을 인정하고 받아들이는 태도가 중요합니다.

자기 안의 아픈 상처를 직접 치유하는 것이 중요합니다. 아파하고 있는 자신을 향해 위로의 말을 전하고 사랑하는 것이죠. 그리고 자신을 안아주는 겁니다.

"괜찮다고. 네 잘못이 아니었다고."

그리고 용서하십시오. 이것이 과거의 상처에 가장 멋지게 복수하는 길이며 지금 현재의 행복과 희망을 찾는 길입니다. 과거에 행복을 저당 잡히지 말았으면 합니다. 그러기엔 오늘 우리가 누려야 하는 행복이 너무 소중하니까요.

마음속 아이에게

우리 마음속에는
과거에 존재하는 아이가 살고 있어요.
우리는 그 아이가
어떤 상황으로 힘들어하는지 대충이라도 알아요.

세상 모든 아이가 돌봄이 필요하듯
마음속 아이에게도
관심과 사랑이 필요해요.

그 아이에게
어른이 된 내가 다가가는 거예요.
그리고 말해주는 거예요.
"네 잘못이 아니야. 그러니 아무 걱정하지 말고 훌훌 털어버
려."
때로는 말없이 마음속 아이를
바라보고 안아주는 것도 좋아요.

마음속 아이가
혼자 힘으로 일어설 수 있도록 말이에요.

상처를 주지 않으려면

인생에서 가장 어렵고 뜻대로 되지 않는 일 중 하나가 자식을 키우는 일이라고 생각합니다. '무자식이 상팔자'라는 말도 있잖아요. 자식을 갖지 못해 안타까워하는 사람들에게는 잔인한 말일 수 있지만, 자식을 낳고 키워본 부모라면 이 말이 가진 의미를 격하게 공감할 것입니다. 자식을 잘 키우기 위해 고민하고 애쓴 세월의 노고 때문입니다. 자식 때문에 마음 졸이고 애태우던 삶의 순간이 있기에 고개가 끄덕여집니다.

모든 부모가 자식을 사랑합니다. 하지만 어떻게 사랑해야 할지 몰라 우왕좌왕하면서 예기치 않는 괴로움에 시달릴 때가 있습니다. 지나친 욕심과 아이를 잘 알지 못하는 무지가 오히려 자식의 앞길을 망치는 결과를 낳을 때도 있습니다. 너무 사랑해서 그 사랑이 아이에게 커다란 상처를 안겨주기도 하죠.

교육이론가의 말과 책들이 모두 내 아이에게 적용되는 것은 아닙니다. 그렇더라도 내가 알지 못하는 부분은 듣고 배워가야 합니다. "나는 못했으니 너는 해야만 한다"며 지나치게 강요하거나, "어차피 네 인생인데 네가 알아서 해"라며 방임하거나, 아이의 필요와 욕구를 미리 채워주기 위해 고군분투하는 것도 정답은 아닙니다.

헤르만 헤세의 『수레바퀴 아래서』에는 이런 우리의 고민을 조금이나마 이해할 수 있는 장면이 나옵니다. 주인공 한스 기벤라트는 어린 시절 낚시를 좋아했습니다. 물 위에 어른거리는 찌와 낚싯대의 흔들림, 물고기를 잡았을 때의 흥분은 이루 말할 수 없었죠.

하지만 아버지는 한스가 좋아하는 것에 대해 잘 알지 못했습니다. 오직 공부하라고 강요할 뿐입니다. 다행히 한스는 모범생이었고 공부를 잘했습니다. 아버지는 한스가 신학교에 입학하면 좋겠다고 생각합니다.

한스는 아버지와 가족의 기대를 한몸에 받고 아버지 뜻대로 신학교에 입학하지만 자신이 좋아하는 공부가 아니란 것을 깨닫습니다. 그리고 학교 적응에 어려움마저 겪다가 신경쇠약으로 학교에서 쫓겨나고 맙니다.

한스는 부모와 가족의 기대를 저버리고 불명예스럽게 고향으로 돌아옵니다. 아버지와 가족들은 그런 한스를 따뜻하게 감싸주지 않았습니다. 한스는 공장에서 일을 해보려고 힘써보지만 고된 노동으로 삶의 의욕까지 상실하고 결국은 스스로 삶을 마감하고 맙니다.

자신이 원하는 삶을 살지 못하고 누군가가 의도한 대로 살아가다 비극적인 결말을 맞이하는 모습이 안타깝습니다. 헤르만 헤세는 자신의 청소년기 삶이 한스와 비슷했다고 고백합니다. 그랬기에 자신과 같은 사람이 나오지 않기를 바라는 의미로 이 글을 썼다고 합니다. 그런 의도가 담긴 헤세의 메시지가 있습니다.

"나의 기대가 그에게 족쇄로 채워져서는 안 된다. 내 사랑이 그를 가둬버리면 안 된다. 내 꿈이 사랑하는 이를 짓누르는 수레바퀴가 되어서는 안 된다. 그에 대한 믿음으로 그에게 자유를 주라. 내가 할 일은 그를 짓누르는 수레바퀴를 치워주는 것. 아니 그보다 먼저 수레바퀴 밑에 깔린 내 영혼을 구하고, 자유로워진 내 영혼의 눈으로 그를 바라보는 것."

자식이 부모가 원하는 대로 살 수는 없습니다. 부모는 자식들이 원하는 것이 무엇인지 발견할 수 있도록 돕는 데 역량을 집중해야 합니다. 스스로 인생을 개척하며 나아가는 힘을 길러주는 것에 교육의 초점을 맞추면 좋을 듯합니다. 성장한 후 부모 곁을 떠나 독립해 살아가도록 기회를 주는 것도 현명한 선택입니다. 자녀는 부모의 소유가 아니기 때문입니다. 부모는 아이가 스스로 독립할 때까지 양육하는 청지기와 같습니다.

젊은 나이에 췌장암에 걸려 시한부 삶을 선고받은 랜디 포시 교수는 얼마 남지 않은 시간을 앞두고 아이들에게 평생 간직할 만한 메시지를 강의로 전달했습니다. 그리고 그 이야기가 『마지막 강의』라는 책으로 만들어졌습니다. 그 책에서 랜디 포시는 부모의 역할에 대해 이렇게 말합니다.

"내 생각에 부모의 임무란 아이들이 일생 즐겁게 할 수 있는 일을 찾고 그 꿈을 열정적으로 꿀 수 있도록 격려하는 것이다. 나는 너희들이 꿈의 성취로 가는 자기만의 길을 발견하기를 원한다. 그리고 나는 여기에 없을 것이므로 한 가지 분명히 해두고 싶다. 얘들아, 아버지가 너희들이 무엇이 되기를 바랐는지 알려고 하지 마라. 나는 너희들이 되고 싶은 것이라면 그게 무엇이든 바로 그것을 이루기를 바랄 뿐이다."

어린 세 아이를 두고 이 세상을 떠나야 하는 부모의 마음이 엿보이는 말입니다. 인생을 살면서 필요한 조언들이 얼마나 많겠습니까. 하지만 수많은 말들을 뒤로하고 랜디 포시는 아이들에게 되고 싶은 것을 위해 살라고 말합니다. 자기 내면의 소리에 반응하며 나아가라고 조언하죠. 이런 조언을 듣는다면 랜디 포시의 아이들은 아버지의 부재를 느끼지 못할 것 같습니다. 마음의 상처 없이 자신들이 원하고 되고 싶은 인생의 길로 멋지게 항해하게 될 테니까요. 이 시대 자녀교육을 놓고 고민하는 부모들이 한 번쯤 깊게 생각해봐야 할 조언이 아닐까 합니다.

사랑은

두 눈 부릅뜨고
혼내고 야단치면 변할 것 같은데
오히려 맷집만 강해져요.
겉으로는 달라진 것 같지만
속마음은 더 독해지죠.

사람은
한 번 눈감아주고
보듬어주며 사랑해줄 때
변해가요.

그것도 아주 서서히.

그래서 사랑은
오래 참고
온유하며
성내지 않는 것이랍니다.

무기력이라는 바이러스

아무것도 하기 싫을 때가 있습니다. 손끝 하나 까딱하기 싫죠. 소파와 일심동체가 되어 스마트폰이나 TV 리모컨에 얹은 손가락만 바삐 움직입니다. 그렇게 하는 데에는 다 이유가 있을 거라는 걸 스스로도 잘 알지만 해결할 방법을 찾지는 않아요. 그냥 이대로 날 내버려두었으면 좋겠다고 생각합니다. 주저앉아 있고만 싶습니다. 삶에 지쳐 아무리 뭔가를 해도 그다음 장으로 넘어가지 못하는 경험이 무기력입니다.

코로나19 발생 이후 무기력한 상태가 더 심해지고 있는 것 같습니다. 바이러스에 삶이 묶이고, 무기력이라는 바이러스마저 우리를 고통스럽게 합니다. 언제 어디서 바이러스에 걸릴지 모른다는 공포가 아무것도 할 수 없게 만듭니다. 최첨단사회도 어쩔 수 없다는 한계에 직면하게 되는 겁니다. 이 한계를 인식한 사람들의 마음이 더 공포를 만들고 있는지 모르겠습니다.

삶은 나아지지 않고 그대로인데 더는 버틸 힘도 없고, 자신의 한계가 느껴지는 경험을 해본 적 있나요? 많은 사람들이 무기력한 삶을 사는 것 같습니다. 아무리 노력해도 어쩔 수 없다며 비관적으로 생각하거나, 어차피 노력해도 바뀌지 않을 세상이라며 사회를 탓하기도 하면서요. 어느 때라도 사람은 무기력을 경험할 수 있습니다. 하지만 이런 사고방식이 오래되면 깊은 수렁에 빠져버리고 맙니다. 삶을 체념해버리면 누구도 일으켜 세울 수 없습니다.

철학자 스피노자는 "자신이 할 수 없다고 생각하는 게 사실은 그것을 하기 싫다고 다짐하는 것"이라며 무기력한 삶에서 벗어날 것을 주문합니다. 하기 싫은 마음이 들면 누구의 조언도 귀에 들어오지 않습니다. 이런 사람은 대부분 스스로 한계를 지어버립니다. 자신은 안 될 거라며 스스로 감옥으로 들어가는 꼴입니다.

『논어』「옹야 편」에는 한계를 짓는 제자 염구의 이야기가 나옵니다. 어느 날 염구가 말합니다.

"선생님의 도를 좋아하지만, 다만 제 힘이 부족합니다."

그 말을 듣고 공자가 대답합니다.

"정말로 힘이 모자라면 중도에 그만둘 수밖에 없다. 그러나 너는 스스로 한계를 긋고 물러나 있구나."

공자는 염구 자신의 힘이 부족하다고 하지만 사실 스스로 한계를 짓고 포기하려는 것을 꿰뚫어봅니다. 공자의 일침에 염구는 심기일전합니다. 그리고 제자 중 가장 먼저 관직에 올라 노나라 계강자季康子 밑에서 재宰(관리책임자)로 활동합니다. 스스로 그어놓은 한계를 극복하자 얻게 된 결과였죠.

괴테는 『파우스트』라는 작품에서 진리를 탐구하고 더 나은 존재가 되려고 노력하는 삶을 그려냈습니다. 주인공 파우스트를 통해 방황하고 넘어져도 노력을 멈추지 않을 때 비로소 희망을 얻게 된다는 것을 투영해놓았죠. 그 한 대목을 살펴볼까요.

"자유도 생명도 날마다 싸워 얻는 자만이 그것을 누릴 자격이 있다. 이것이야말로 지혜가 내리는 최후의 결론이다."

괴테의 철학은 문학작품에서 번번이 드러납니다. 그의 시 중에는 이런 말이 나옵니다. "화창한 날이 계속되는 것만큼 견디기 어려운 것도 없다"고요. 바로 의미 없이 지속하는 하루를 경계하라는 말입니다. 변화를 위해 노력할 이유를 발견하지 않고서는 무기력한 생활에서 벗어날 수 없다는 뜻도 새겨져 있습니다.

무기력한 삶이 지속되면 그 수렁에서 벗어나고 싶어 합니다. 그 과정에서 수많은 질문을 던지기도 하죠. 대부분이 '왜 내 인생은 이렇게 아무 의미가 없을까?'라는 자조 섞인 질문을 던집니다. 하지만 이런 질문은 효과적이지 못합니다. 원인을 분석하다가 무기력 속에 갇힐 수 있기 때문이죠.

"왜?"라는 질문보다 "어떻게?"라는 질문이 더 의미 있는 결과를 만들어낼 수 있습니다. "어떻게 하면 내 삶에 활력소를 찾을 수 있을까?"라는 질문을 던지면 그 방법을 찾아 나설 수 있으니까요.

무기력으로 힘겨운 삶의 무게를 감당하고 있다면 "어떻게?"라는 질문을 던져보길 권합니다. 거창한 것이 아니라도 좋습니다. 아주 사소한 것에서부터 "어떻게?"라는 질문을 던지면 조금씩 조금씩 삶의 나침반은 활력이 솟아나는 방향으로 움직일 테니까요.

자기비하의 덫

삶의 목표를 이루는 길에
쉽게 좌절하고 낙심하는 게 인간이에요.
그러니 '나는 왜 이 모양이지'라고 자신을 비하하지 마세요.

자신을 못난 사람이라고 여기는 마음은
꿈을 이루어가는 데 아무런 도움이 되지 않아요.

자신을 못난 사람이라고 여기면 쉽게 유혹에 빠지게 돼요.
될 대로 되라는 식으로 유혹에 넘어가면
잠시 기분은 좋아질 수 있지만, 근본적인 문제는 해결되지 않
아요.

그럴 때는 자신의 의지가 약함을 인정해보세요.
또 누구나 그러며 산다는 것도 알아야 해요.

자신이 더 좋은 모습으로 나아갈 수 있도록 응원해주세요.
힘들지만 그래도 힘내보자고,
할 수 있는 데까지 한번 해보자고 용기를 주는 겁니다.

삶에서 승리하는 비결은
자기비하가 아니라 자기 격려입니다.

내 인생의 속도는 얼마나 되나요?

 가끔 버스나 자동차로 장거리를 갈 때 고속도로에서 만나는 휴게소를 기대하게 됩니다. 휴게소는 생리현상도 해결하고 자동차의 열기도 식히는 곳이지요. 지친 몸을 쉬게 하고 에너지를 충전하기 위해 휴게소는 꼭 필요합니다. 맛있는 간식도 먹고 때로는 끼니도 해결할 수 있습니다. 커피 한잔으로 졸음을 쫓아내기도 하죠. 직업으로 운전하는 사람들은 정해진 시간에 꼭 쉬어야 한다는 규정도 만들어 놓았습니다. 잠시라도 쉬지 않으면 남은 거리를 효과적으로 갈 수 없기 때문입니다.

 목적지까지 가는 길에 에너지를 충전하는 휴게소는 필요합니다. 그러나 휴게소보다 더 중요한 것은 속도를 제어할 수 있는 브레이크를 점검하는 일입니다. 브레이크가 있어야 속도 조절이 가능하기 때문이죠. 위험한 상황에서 자신을 지킬 수 있는 길은 브레이크를 밟는 것입니다. 브레이크가 없는 자동차는 무기가 될 수 있습니다. 아무리 잘 쉬고 에너지를 보충해도 달리는 차를 제어할 수 없다면 휴식은 의미가 없으니까요.

우리 인생도 다르지 않습니다. 목표를 향해 달릴 때 필요한 것은 적절한 시기에 브레이크를 밟아주는 것입니다. 속도를 높이기만 하면 위험한 순간을 만날 수 있기 때문입니다. 노자는 『노자』 44장에 이렇게 말했습니다.

"만족할 줄 알면 욕되지 않고, 그칠 줄을 알면 위태롭지 않다. 그결과 오래오래 갈 수가 있다."

자신의 인생 속도계를 잘 살피면서 절제해야 할 때 브레이크를 밟아야 한다는 의미입니다. 제한속도를 어기면 사고의 위험성이 큽니다. 속도위반으로 범칙금을 내야 할 때도 있고, 자칫 큰 사고로 이어질 수 있기 때문입니다.

노자뿐만 아니라 공자도 『논어』「요왈 편」에서 다음과 같이 말했습니다.

"천명의 존재를 깨닫지 못하면 학문을 한 교양인이라고 할 수 없고, 예를 모르면 사회에서 입신할 수 없고, 다른 사람의 말을 분별하지 못하면 그 사람이 어떤 사람인지를 알 수 없다."

공자는 자신이 도달할 수 있는 최대치를 모르면 한 사회를 이끌어갈 수 있는 사람이 될 수 없다고 합니다. 자기 한계를 알 수 있어야

함을 강조하는 말입니다. 자신의 한계를 어느 정도 간파할 수 있어야 적정한 속도에서 브레이크를 밟을 수 있다는 의미입니다.

몽테뉴의 『수상록』은 적절한 시기에 멈춰야 하는 이유를 이렇게 말합니다.

"한 마리 준마의 힘은 그 말이 적당한 때에 딱 정지할 수 있는가를 보는 것으로밖에는 더 잘 알아볼 것이 없다. 분수 있는 사람 중에도 줄기차게 말하다가 그만 끊고 싶어도 그렇게 하지 못하는 것을 본다."

아리스토텔레스는 아들에게 전하는 행복론 『니코마코스 윤리학』에서 이와 비슷한 말을 전합니다. "우리가 피해야 할 도덕적 성품에는 세 가지가 있다. 즉, 악덕과 자제력 없음과 짐승 같은 상태이다." 자제력이 없는 사람, 인생에 브레이크가 없는 사람은 행복하게 살아갈 수 없다고 아들에게 말합니다.

목적지까지 빠르고 안전하게 가는 길에 쉼은 꼭 필요합니다. 하지만 그보다 더 중요한 것은 인생의 속도를 제어하고 자제시킬 수 있는 브레이크입니다.

우리는 뭔가 잘 되는 것 같으면 멈추기 어려워합니다. '물 들어올 때 노를 저어야 한다'는 말이 이를 증명합니다. 잘 풀리고 승승장구하면 멈추지 않고 속도를 내야 한다는 것이죠. 언제 어느 때 하는 일들이 썰물처럼 빠져나갈 수 있다고 여기기 때문입니다. 그래서 조금만 잘 되고 있으면 가속도를 붙이려고 안간힘을 씁니다. 그러다 낭떠러지가 있어도 눈치채지 못해 직진하게 되고 급커브에 속도를 줄이지 못해 상처를 입게 됩니다.

지금 내 인생의 속도는 얼마나 되나요? 가속페달을 밟으며 전진해야 하나요, 아니면 잠시 쉬어야 할 때인가요? 브레이크를 밟아 속도를 제어하고 조절해야 하는 시기인가요? 가속페달과 브레이크를 적절하게 사용할 줄 아는 지혜가 지금 우리에게 필요합니다.

삶의 권태에 대하여

자연의 경이로움을 보고
아무런 감정도 느끼지 못한다면,
당신의 마음은
어쩌면 단단하게 굳어 있을지 몰라요.

삶의 무게에 짓눌려
아름다움에 반응하지 못함을
경계해야 해요.
무뎌진 딱딱한 마음으로는
삶의 권태를 극복하지 못하니까요.

의도적으로라도 작은 들꽃에 고개를 숙이고,
아름다운 경치에 탄성을 질러보세요.
꽃 가까이 다가가 향기를 맡아보세요.
나무 냄새도 느껴보세요.

그런 작은 실천들이 단비가 되어
단단한 마음을 적시게 하니까요.

삶의 무게, 고통을 위로한다

 직접 겪어보지 않고서 누군가의 고통을 이해한다는 것은 어려운 일입니다. 그런데도 누군가를 위로해야 할 상황에 부닥치게 되면 공감하며 위로의 말을 건네게 되죠. 하지만 대부분은 '차라리 말하지 않았으면 좋았을 텐데'라고 후회를 합니다. 말로 위로하기보다 손 한번 꽉 잡아주고, 어깨 한번 두드려주거나 안아주는 것이 더 큰 위로가 된다는 것을 시간이 흘러서야 깨닫게 됩니다.

 스물다섯 살 때 아버지께서 갑자기 돌아가셨습니다. 마음의 준비를 할 겨를도 없이 끔찍한 소식을 접하게 되었죠. 아버지를 잃은 고통이 삶을 짓눌렀습니다. 낮과 밤이 온통 악몽이었습니다. 꿈이 너무 생생한데도 깨어날 수가 없었습니다.

 아버지께서 선산에 묻힐 때 친구 두 명이 함께했습니다. 장지까지 말없이 따라와 가장 고통스러운 순간을 함께해주었습니다. 그때는 너무 큰 슬픔에 친구들을 생각할 겨를이 없었지만, 시간이 흐를수록 친구들의 모습이 생생하게 기억에 남습니다. 그냥 옆에 있어 준 것만으로도 위로가 되었다는 사실을 뒤늦게 깨달은 거죠.

아픈 만큼 성숙해진다는 말이 있습니다. 아픔을 통해 자신의 연약함을 깨닫기에 조금은 숙연해질 수 있고 겸손할 수 있다는 의미입니다. 고통의 깊이가 얼마나 깊고 견디기 힘든 일인지를 직접 느끼기에 헤아릴 수 있죠. 깊이가 깊으면 깊을수록 성숙의 깊이도 더해집니다. 이 의미는 『연탄길』로 수많은 독자의 가슴을 따뜻하게 해준 이철환의 『위로』에서 찾아볼 수 있습니다.

"높은 곳보다 낮은 곳에서 더 많은 걸 볼 수 있을지도 몰라. 네가 진정으로 높이를 갖고 싶다면 깊이에 대해 먼저 고민해야 해. 깊이를 가지면 높이는 저절로 만들어지는 거니까. 하늘로 행군하기 위해서 나무들은 맨손 맨발로 어두운 땅속을 뚫어야 하거든. 깊이가 없는 높이는 높이가 아니야. 깊이가 없는 높이는 바람에 금세 쓰러지니까."

현재의 아픔은 성숙의 과정입니다. 어떤 고난과 고통이 닥쳐도 쓰러지지 않을 단단한 뿌리를 내리는 과정이죠. 그 뿌리의 길이만큼, 깊이만큼 우리의 삶은 더 성숙해질 수 있습니다. 그런 성숙의 삶이 축적되었을 때 누군가의 고통도 이해할 수 있고 위로도 가능할 것입니다.

자신이 고통 중에 있다면 고통 이외에는 잘 보이지 않습니다. 어떤 멋진 수식어도 고통에서 시선을 돌리게 하기 어렵습니다. 시간이라는 약이 투여되고 상처가 아물어갈 때쯤 같은 아픔을 가진 사람을 만나면 말하지 않아도 그 사람의 아픔을 고스란히 느낄 수 있습니다. 그때 "네가 얼마나 힘든지 난 알아" 이 한마디면 충분하다는 것을 압니다.

베토벤은 파란만장한 삶을 통해 고통의 진정한 의미를 말합니다. 그는 음악가인데도 청력을 상실했습니다. 그런데도 숨이 끊어지는 날까지 아름다운 음악을 창조했죠. 그가 평범한 삶을 살고서 생을 마감했다면 우리는 피아니스트 베토벤으로만 기억할 것입니다. 하지만 그는 어려움을 극복하고 음악사 최고의 악성樂聖(음악의 성인)이라는 영예로운 칭호를 받을 수 있었습니다. 그가 고통의 삶을 살면서 세상에 던진 말들이 있습니다.

"가장 뛰어난 사람은 고뇌를 통하여 환희를 차지한다."

"고난과 시기에 동요하지 않는 것, 이것은 진정 칭찬받을 만하다."

"그대가 자신의 불행을 생각하지 않게 되는 가장 좋은 방법은 일에 몰두하는 것이다."

"나의 운명의 목을 죄어주고 싶다. 어떤 일이 있더라도 운명에 져서는 안 된다."

아픈 만큼 성숙해진다는 것은 내 상처와 더불어 다른 사람의 상처를 진심으로 껴안을 수 있는 마음상태가 되었다는 의미일 수 있습니다. 고통 가운데 오는 자기부정, 분노, 연민, 수용······. 이런 과정에서 뭔가 거창한 것을 깨닫게 되는 것은 아닙니다. 다만 누군가를 진정으로 위로할 자격이 조금 주어졌다는 의미로 해석할 수 있습니다. 그러기에 살아가면서 다가온 고통의 무게에 대해 베토벤처럼 너무 비난하거나 원망하지 않았으면 합니다. 견딜 수 없는 삶의 무게는 성숙한 삶으로 이끌고, 누군가의 삶의 고통을 해석하고 덜어줄 수 있는 통로이기 때문입니다.

지금 어떤 고통과 어려움을 겪고 있나요? 하루도 견디기 힘든 아픔을 느끼고 있습니까? 그렇다면 그 아픔과 고통으로 누군가를 위로하고 위안을 주는 자로 준비되고 있는지도 모릅니다. 고통과 아픔을 이겨낸 당신의 따뜻한 시선과 토닥임이 누군가의 삶에 희망의 불씨로 피어날 테니까요.

내 마음도 모르는데

겉으로 보이는 모습으로
상대를 이해할 수 있다고 말하지 마세요.
어설픈 위로가 오히려 독이 될 수 있으니까요.

나도 내 마음 모를 때가 많은데
상대편 마음은 어떻게 잘 알겠습니까.

그때는 옆에 가만히 앉아
함께 있어 주는 편이 나을 수 있어요.

아무 말 없이 다독거리고 안아주는 것이
오히려 큰 위로가 되니까요.

눈물, 가슴 속에 숨어 있는 보석

눈물 흘리는 것을 부끄럽게 생각하는 사람들이 의외로 많습니다. 특히 남자들이 그렇습니다. 남자는 태어나서 죽기 전까지 단 세 번만 울어야 한다는 이야기를 합니다. 그렇게 어려서부터 강하게 자랄 것을 주문받죠. 눈물을 흘리면 남자다움이 없거나 어딘가 부족한 사람처럼 생각하는 문화가 강합니다. 그러다 보니 눈물 흘리는 것을 꺼리거나 부끄럽게 생각합니다. 자신도 모르게 눈물이 흐르면 괜히 멋쩍어하며 눈에 티가 들어가서 그렇다느니, 눈이 건조해서 눈물이 흐른 것이라고 변명 아닌 변명을 늘어놓습니다.

남자들은 바늘로 찔러도 눈물 한 방울 흘리지 않을 것처럼 강한 척합니다. 하지만 그 이면에는 지극히 나약한 면이 숨어 있습니다. 나약하고 연약해 때로는 울고 싶고 누군가에게 기대고 싶어도 마음 놓고 표현할 수 없는 문화 속에서 살아갑니다. 무미건조하게 메마른 삶을 살아가는 것이죠. 감정을 자유롭게 표출할 수 없으니 인생이 팍팍해진 것입니다.

삶이 팍팍할 때 후련하게 눈물이라도 흘리면 메마른 마음이 촉촉해질 수 있는데 그런 기회조차 얻기 힘듭니다. 이런 우리의 모습을 예견이라도 하듯 세네카는 이런 말을 남겼습니다.

"눈물이 흐르도록 내버려두십시오. 또한, 눈물이 멈추도록 내버려두십시오. 가슴 속 가장 깊은 곳에 있는 비통함까지 다 끌어올리도록. 이 비통함의 끝이 보이도록 그냥 내버려두십시오."

눈물이 가진 긍정적인 요소를 알았기에 눈물을 제어하지 말라고 조언합니다. 눈물은 다양한 감정의 표현입니다. 기쁠 때, 슬플 때, 절망할 때, 감격할 때, 안타까울 때 우리는 눈물을 흘립니다. 가슴이 진동하면서 흐르는 눈물은 응어리졌던 마음에 단비가 되어줍니다. 누군가를 향해 흘리는 눈물은 응원의 메시지가 되기도 합니다. 힘든 고비를 지나 얻게 되는 승리의 눈물, 더는 함께할 수 없음에 흐느끼는 슬픔의 눈물은 우리를 한층 성숙한 삶으로 이끌어줍니다.

감정은 한순간에 생성되었다가 사라지는 것이 아닙니다. 마음속 깊은 곳에서 쌓이고 쌓였던 것들이 차고 넘쳐서 표현된 것이지요. 그러므로 한순간이라도 표현된 감정에 무심코 지나쳐서는 곤란합니다. 왜 그런 감정이 생겼는지 가까이 다가가 묻고 관심을 가질 필요가 있습니다. 가만히 두면 마음은 더욱 깊어지고, 슬픔은 뼛속까지 스며들게 되니까요. 감정도 때에 맞게 받아들이고 흘려보내야 합니다.

1997년 영국 다이애나 왕세자빈이 교통사고로 세상을 떠났을 때 그녀를 사랑한 영국 국민은 비탄에 빠져 눈물을 흘렸습니다. 많은 국민이 눈물을 흘리며 그녀의 죽음을 애도했지요. 그 일이 있고 난 뒤 이상하게도 영국의 정신병원에 우울증 환자가 절반으로 줄었다는 통계가 나왔습니다. 국민이 실컷 눈물을 흘린 후 카타르시스를 느꼈기 때문이라고 정신과 의사들은 분석했습니다. 그 후로 치유의 눈물을 '다이애나 효과'라고 부릅니다.

일본 교토 대학교 아리타 히데오 교수는 눈물의 효과를 연구했습니다. 그는 목놓아 우는 것은 뇌를 한 번 '리셋'하는 효과가 있다며 눈물의 중요성을 강조했습니다.

『어린 왕자』의 저자 생텍쥐페리는 "슬픔을 느끼는 것이야말로 살아 있다는 증거이고, 남을 위해 흘리는 눈물은 모든 사람의 가슴 속에 숨어 있는 보석이다"라고 했습니다. 영국의 물리학자 헨리 모즐리는 "눈물로 씻기지 않은 슬픔은 몸을 울게 만든다"라고 말합니다. 눈물을 흘리지 않으면 건강을 해친다는 뜻입니다.

울어야 할 때가 되면 울어야 합니다. 꾹꾹 참으며 강한 척하지 말아야 합니다. 나약해서 우는 것이 아니라 마음의 응어리를 풀어내는 과정이기에 적극적으로 반응해야 합니다. 눈물은 자신을 살리고 삶을 변화시키는 촉매제입니다. 울기 시작한 순간, 마음에 응어리져 있는 아픈 상처가 치유되고 자기 삶의 발목을 붙잡고 있던 괴로움은 후련하게 떠나갑니다. 끈적끈적하게 쌓여 있던 스트레스도 눈물로 눈 녹듯 녹아내릴 수 있습니다. 에리히 프롬은 "당신은 당신 자신만이 치유할 수 있다"라고 했습니다. 그 치유제가 바로 눈물입니다.

열 마디 말보다 한 방울의 눈물이 더 진실일 수 있습니다. 진실한 마음에서 시작된 눈물은 고통에서 신음하는 이들에게 위로의 선물이 됩니다. 고통과 절망에 빠져 눈물이 멈추지 않는다면 애써 참지 말았으면 합니다. 그 눈물이 치유의 시작이 될 것이기 때문입니다.

울고 싶은 마음이 드나요? 그러면 목놓아 우십시오. 그러는 순간이 많아질수록 삶은 더 단단해질 수 있으니까요.

상처의 특효약

맺혔던 응어리,
뻥 뚫린 마음,
긁혔던 상처 자국에 특효약은
눈물입니다.

누군가 나를 위해 울어줘도 되지만,
그게 자신이어도 괜찮아요.

삶은 고해라는 위대한 진리

인생의 목적지를 알게 되면 가슴 속이 희망으로 부풀어 오릅니다. 원하는 목표가 곧 자신의 것이 된 양 들뜬 기분입니다. 어떤 어려움이 닥쳐도 헤쳐 나갈 수 있으리라는 의지도 결연합니다. 그렇지만 인생이라는 긴 시간을 항해하다 보면 언제까지나 부푼 마음일 수만은 없다는 것을 알게 됩니다.

근래에는 꼭 꿈이 있어야 하냐고 항변하는 사람이 많아졌습니다. 꿈을 꾸고 이루어가기에는 뛰어넘을 수 없는 현실의 벽을 느끼기 때문입니다. 그래서 '욜로'나 '소확행'이라는 단어가 사회적으로 유행입니다. 오늘의 작고 소소한 것에 행복을 느끼는 삶도 좋습니다. 중요한 것은 꿈이 있든, 오늘의 삶에 초점을 맞추든 인생 여정은 4차선 고속도로가 아닌 비포장도로라는 것입니다.

인생을 항해하는 일은 만만치 않습니다. 파도 하나 일렁이지 않고,

푸른 하늘 아래서 갈매기 떼들이 나는 것을 보며 여유롭게 나아갈 수만은 없습니다. 비바람을 동반한 거센 폭풍을 만나기도 하고, 때로는 산더미만 한 파도와 맞닥뜨리기도 합니다. 한 치 앞을 내다볼 수도 없는 안개 속을 뚫고 가야 할 때도 옵니다. 그래서 어느 정도 인생을 살아본 사람들은 "삶은 고통의 연속이다"라고 말합니다.

"삶은 고해苦海다. 이것은 위대한 진리다. 다시 말하자면, 이 세상에서 가장 위대한 진리 중 하나다. 이것이 위대한 진리인 까닭은 진정으로 이 진리를 깨닫게 되면 그것을 뛰어넘을 수 있기 때문이다. 진정으로 삶이 힘들다는 것을 알게 되면, 즉 진정으로 그 사실을 이해하고 받아들이게 되면, 삶은 더는 힘들지 않게 된다."

스콧 팩의 『아직도 가야 할 길』에 나온 말입니다. 어쩌면 멋진 인생을 기대하고 떠난 사람들에게는 실망스러운 말일지도 모릅니다. 인생의 출발지에 있는 사람들의 희망을 꺾는 말처럼 들리지만, 확실히 인생 여정은 순탄한 것만은 아닌 것 같습니다.

따사로운 햇살 속에서 뻥 뚫린 길을 가면 좋겠지만 때로는 언덕길을 만나고 비바람을 맞이하는 것이 인생입니다. 이런 인생 여정을 어떻게 통과하면 좋을까요? 스콧 팩 박사의 솔루션에 귀를 기울여보면 좋을 것 같습니다.

스콧 팩은 심리치료 현장에서 만난 사람들을 바탕으로 건강하게 살아가는 방법을 분석해 글을 썼습니다. 방대한 저서에서 가장 먼저 다룬 이야기는 '삶은 문제와 고통의 연속'이라는 것입니다. 그 문제를 해결하는 첫 번째 방법은 '삶은 고해다'라는 사실을 받아들이는 것이라고 말했습니다. 그렇게 되면 더는 허둥지둥 헤매지 않을 수 있다는 겁니다. 또한, 항해 중 만난 문제를 회피하지 말 것을 권유하며 이렇게 말했습니다.

"우리 대부분은 당면한 문제를 두려워하면서 피하려 든다. 문제를 질질 끌면서 문제가 저절로 사라지기를 바란다. 문제를 무시하고 잊어버리고 문제가 없는 것처럼 행동한다. 심지어는 문제를 잊기 위한 보조적인 수단으로 약을 먹어 결국에는 고통스러울 정도로 자신을 마비시킴으로써 고통을 안겨준 문제를 잊기도 한다. 우리는 문제와 정면으로 부딪치기보다는 주변에서 맴돌려고 한다. 문제 안에서 괴로워하기보다는 문제 밖으로 빠져나오고 싶어 한다."

고통의 문제를 만났을 때 피하지 말라고 말합니다. 문제를 피하려다 보면 술이나 담배, 약물과 도박에 빠져 더 큰 고통 속으로 빠져들 수 있다는 겁니다. 저 멀리 보이는 인생의 먹구름만 보아도 두려움 때문에 앞으로 나아갈 수 없다는 거죠.

하지만 문제를 정면으로 돌파하면 이겨낼 수 있는 비결이 무엇인지 비로소 알게 됩니다. 어떻게 인생의 고난과 역경을 맞닥뜨려야 할지도 깨닫게 됩니다. 이런 과정에서 자연스레 상처가 생깁니다. 자신도 모르게, 때로는 의도치 않게 상처를 입게 되죠. 상처는 말할 수 없는 고통을 줍니다. 다시 일어설 수 없을 정도의 치명적인 상처를 입을 수도 있습니다. 그래도 우리에게는 문제를 회피하기보다 맞서는 용기가 필요합니다.

안도현의 『연어』를 보면 상류에 알을 낳기 위해 강을 거슬러 올라가는 연어들의 이야기가 나옵니다. 연어들이 폭포를 만났을 때 어떤 태도를 보이느냐에 주목해볼 필요가 있습니다. 한 부류는 폭포를 거슬러 오르다 상처를 입기보다는 인간이 만들어 놓은 쉬운 길을 택하죠. 다른 한쪽은 주둥이가 찢어지는 고통을 겪어도 폭포를 거슬러 올라가야 한다고 맞섭니다.

폭포를 회피하고 쉬운 길로 가면 어려움 없이 상류에 도달할 수 있습니다. 하지만 문제는 뱃속에 들어 있는 알들에게 폭포를 거슬러 올라가는 힘과 지혜를 전달해줄 수 없다는 것입니다. 알들이 부화해 훗날 폭포를 만났을 때 힘 있게 상류로 거슬러 갈 수 없게 됩니다. 만약 인간이 만들어 놓은 길이 없어진다면 상류에 도달할 수 없게 되고 결국 알도 낳을 수 없습니다. 당장은 어려움을 피할 수 있지만 근본적인 문제는 해결할 수 없습니다.

반면 폭포를 거슬러 올라가다 보면 많은 희생이 뒤따르고 상처를 얻게 됩니다. 하지만 뱃속 알들에게는 폭포를 거슬러 오르는 능력을 가르쳐줄 수 있습니다. 연어의 목적이 상류에 알을 낳는 것이므로 그들은 어렵고 힘들더라도 폭포를 거슬러 오르는 것입니다.

인생길도 다르지 않습니다. 문제가 거대해 보이고 힘들지라도 회피하지 말았으면 합니다. 때로 쓰라린 상처를 입을 수도 있겠지만 그 상처는 내일의 희망이 될 것입니다. 상처가 마음의 근력을 더 단단하게 키워줄 테니까요. 그 근력으로 우리는 내일의 고난도 거뜬히 이겨낼 수 있을 겁니다.

삶은 해석

삶의 어려움과 고난이 닥쳐올 때
'이 일로 내가 배울 점은 무엇인가?'라고 생각하면
현실이 다르게 보여요.

자신에게 어떤 일이 일어났는가가
중요한 것이 아니라,
일어난 일을
어떻게 받아들이는가가 더 중요한 거예요.

지난 일을 어떻게 해석하고
받아들이느냐에 따라 인생이 달라져요.
그래서 삶은 해석인 겁니다.

뜨거운 햇볕, 인생의 무르익음

뜨거운 햇볕이 내리쬐는 날이면 너도나도 쉴 곳을 찾아 떠납니다. 산과 들, 강과 바다가 인산인해를 이루죠. 연신 헐떡이는 숨 사이로 땀방울이 흐르고 지쳐갑니다. 어느 곳에서도 삶에 집중하지 못하니 차라리 며칠 쉬는 게 낫다는 생각입니다. 잠깐이지만 그때는 도시도 제 기능을 잃어버립니다.

모두가 힘들고 지쳐 휴가를 즐길 때 가장 분주하게 움직이는 것들이 있습니다. 바로 산과 들의 곡식과 열매들입니다. 뜨거운 햇볕 속에 무르익음이 시작되는 것이죠. 햇볕이 뜨거울수록 더 맛있게 익어 갑니다. 제일 맛있는 당도는 강렬한 햇볕이 비추는 기간에 생깁니다. 햇볕이 강할수록 단단하고 알차게 익어갑니다.

강한 태풍이 불면 병들고 약한 것들은 모두 떨어지거나 쓰러집니다. 병충해에 견디지 못하고 햇볕에 단련되지 못한 것들은 쉽게 떨어지고 마는 것입니다. 뜨거운 햇볕과 폭풍우로 강해지는 과정을 겪은 것들은 살아남습니다. 역경을 견디는 것들은 더 탐스럽고 알차게 익어가죠. 대추 한 알도 그냥 익어간 것은 아니라고 시인은 노래합니다. 그 안에는 태풍이, 천둥이 몇 개는 들어 있다고 말입니다. 우리의 삶도 마찬가지입니다. 누구도 예외 없이 삶은 뜨거운 햇볕과 바람과 천둥, 태풍을 맞고 성장해갑니다.

역경과 고난을 견뎌내지 못하면 삶의 면역력이 떨어집니다. 기저질환에 시달리게 되는 것이죠. 병치레가 많아지면 조그마한 바이러스나 어려움에 쉽게 넘어지고 좌절합니다. 쿠노 피셔라는 사람은 그런 인생의 이치를 도자기에 빗대어 이야기합니다.

"뜨거운 가마 속에서 구워낸 도자기는 결코 빛이 바래는 일이 없다. 이와 마찬가지로 고난의 아픔에 단련된 사람의 인격은 영원히 변하지 않는다. 안락은 악마를 만들고, 고난은 사람을 만드는 법이다."

뜨거운 불속에서 견뎌낸 도자기가 천년을 이어가는 빛깔을 냅니다. 세월이 흘러도 깨지지 않는 강도는 뜨거운 불을 견뎌낼 때 가능합니다. 우리의 인생도 이와 다르지 않습니다.

보지도, 듣지도, 말하지도 못한 헬렌 켈러는 자신에게 불어닥친 장애를 이렇게 해석합니다.

"나는 나의 역경에 대해 하나님께 감사한다. 왜냐하면 나는 역경 때문에 나 자신, 나의 일, 그리고 나의 하나님을 발견했기 때문이다."

삼중고 속에서 그녀는 하나님을 의지할 수 있게 되었습니다. 하나님이 어떤 분인지 보지도 듣지도 말하지도 못했기에 더 잘 보고 만날 수 있었습니다. 장애가 인생의 비전과 일을 발견하도록 도운 것이죠. 그러니 자신에게 주어진 인생의 역경을 오히려 감사하게 생각한 것입니다.

공자는 자신의 사상과 철학을 군주들에게 유세遊說하지만 누구에게도 인정을 받지 못합니다. 수년을 나라를 떠돌지만 결국 노나라로 돌아갈 수밖에 없었습니다. 인생의 쓴맛을 본 공자는 이런 말을 남겼습니다.

"저 골짜기에 흐르는 물을 보라. 그의 앞에 있는 모든 장애물에 대해서 스스로 굽히고 적응함으로서 줄기차게 흘러 드디어는 바다에 이른다. 적응하는 힘이 자유로워야 사람도 그가 부닥친 운명에 굳세지는 것이다."

지금 내 삶에 뜨거운 햇볕이 내리쬐고 있나요? 고난과 아픔으로 힘겨워하고 있습니까? 그렇다면 당신은 지금 더 단단해지고 있는 과정입니다. 면역력이 생기는 시기이죠. 이 시기를 견디고 이겨내다 보면 성숙이라는 열매를 맺게 될 것입니다. 그러니 누구를 탓하거나 자신을 스스로 자책하기보다 의연하게 견디고 맞서는 것도 필요합니다. 그런 과정에서 인생의 무르익음이 완성되니까요.

마음을 요리하다

요리되지 않은 재료나
끓여놓지 않은 음식은 쉽게 상합니다.

하지만
달달 볶아놓고
팔팔 끓여놓은 음식은
쉽게 상하지 않아요.

지금 내 삶이
달달 볶이고
고난과 실패로 팔팔 끓여지고 힘들다면
오래도록 상하지 않는 단단한 마음을
조리하는 중이라고 생각하세요.

뜨겁게 요리된
마음은 어떤 고난에도
쉽게 상하지 않을 테니까요.

나에게 묻고 대답한다

4차 산업혁명 시대를 사는 우리는 세월이 빠르다는 것을 피부로 느낍니다. 과학문명이 발달하기 전에도 세월은 나이 숫자만큼의 속도로 흘러간다고 했죠. 하지만 지금은 뭐든지 빠르게 흘러가서인지 인생도 빠르게 흘러감을 체감합니다.

엊그제 인생의 경주를 시작한 것 같은데 어느새 반환점을 돌고 있다는 것을 느끼죠. 뭐 하나 번듯하게 이뤄놓은 것도 없는데 나이의 숫자는 훌쩍 커져만 있습니다. 자신도 모르는 사이에 결승점에 다다르고 있다는 것을 느끼기도 합니다.

사람마다 느끼는 인생의 절정기와 결승점은 다릅니다. 인생의 가을이 유난히 빨리 다가왔다는 것을 느끼는 사람이 있는가 하면, 아주 천천히 다가오고 있다고 느끼는 사람도 있습니다. 나이는 젊은데도 인생의 겨울을 맞이한 것처럼 살아가는 사람도 있죠.

계절의 변화처럼 시간이 찼다고 해서 인생의 가을과 겨울을 맞이하는 것은 아닙니다. 그렇지만 모든 사람의 인생에는 결실의 시간이 있다는 것을 기억해야 합니다. 결승점에 다다르고 있다는 것은 자신이 맺은 열매를 어느 정도 파악할 수 있다는 의미로도 해석할 수 있습니다. 그 열매가 탐스러울 수도, 그렇지 않을 수도 있습니다. 그럴 때 우리는 어떤 태도를 보이며 나아가야 할까요?

살다 보면 인생의 아침에 계획했던 일들이 뜻대로 이뤄지지 않는다는 것을 깨닫습니다. 거대한 바위를 만나 물길이 바뀌기도 하고, 급류를 만나 자신도 모르게 휩쓸려 가기도 합니다. 폭우로 원치 않는 물길로 합류되기도 하죠. 시작할 때는 옳다고 여겼던 가치들이 물길 따라 흐르다 보면 꼭 그것이 옳았던 것이 아니란 것도 깨닫게 됩니다.

인생의 결실을 맞이하는 시점에 함께 나누면 좋을 시를 소개합니다. 중증뇌성마비를 앓으면서도 펜을 입에 물고 시를 쓴 김준엽 시인의 「내 인생에 황혼이 들면」입니다.

내 인생에 황혼이 들면
나는 나에게 많은 날들을 지내오면서
사람들을 사랑했느냐고 물어보겠지요.

그러면 그때 가벼운 마음으로
사람들을 사랑했다고 말할 수 있도록
나는 지금 많은 이들을 사랑해야겠습니다.

내 인생에 황혼이 들면
나는 나에게 많은 날들을 지내오면서
열심히 살았느냐고 물어보겠지요.

그러면 그때 자신 있게
열심히 살았다고 말할 수 있도록
나는 지금 하루하루를
최선을 다하여 살아가겠습니다.

내 인생에 황혼이 들면
나는 나에게 많은 날들을 지내오면서
사람들에게 상처를 준 일이 없느냐고
물어보겠지요.

그러면 그때 얼른 대답하기 위해
지금 나는 사람들에게 상처 주는 말과 행동을

하지 않아야겠습니다.

내 인생에 황혼이 들면
나는 나에게 많은 날들을 지내오면서
삶이 아름다웠느냐고 물어보겠지요.

그러면 그때 나는 기쁘게 대답하기 위해
지금 내 삶의 날들을 기쁨으로
아름답게 가꾸어가겠습니다.

내 인생에 황혼이 들면
나는 가족에게 많은 날들을 지내오면서
부끄러움이 없느냐고 나에게 물어보겠지요.

그러면 그때 반갑게 대답하기 위해
나는 지금 가족의 좋은 일원이 되도록
내 할 일을 다하면서 가족을 사랑하고
부모님에게 순종하겠습니다.

내 인생에 황혼이 들면

나는 나에게 많은 날들을 지내오면서

이웃과 사회와 국가를 위해

무엇을 했느냐고 물어보겠지요.

그러면 그때 나는 힘주어 대답하기 위해

지금 이웃에 관심을 가지고

좋은 사회인으로 살아가겠습니다.

내 인생에 황혼이 들면

나는 내 마음 밭에서

어떤 열매를 얼마만큼 맺었느냐고 물어보겠지요.

그러면 그때 자랑스럽게 대답하기 위해

지금 나는 내 마음 밭에

좋은 생각의 씨를 뿌려

좋은 말과 좋은 행동의 열매를

부지런히 키워야겠습니다.

시인 김준엽은 몸이 불편함에도 인생의 지혜가 무엇인지 성찰했습니다. 스스로 묻고 그 해답을 찾아 열매를 맺기 위해 힘쓰는 것을 엿

볼 수 있습니다. 아무리 바쁘고 편리한 시대를 살고 있더라도 우리도 스스로 현명한 질문을 던지고 답을 찾는 과정이 필요합니다. 스스로 묻지 않으면 의미 있는 인생을 살아갈 수 없기 때문입니다.

현명한 질문을 하려면 인생에 대한 의문이 있어야 합니다. 어떤 삶을 살아갈 것인지에 대한 성찰도 뒷받침되어야 하죠. 일찍이 철학자들도 질문으로 세상의 진보와 삶을 이끌었습니다. 대표적인 인물이 칸트입니다. 칸트는 크게 세 가지 질문을 던지고 세상의 본질과 탐구영역을 정했습니다.

첫째, 나는 무엇을 알 수 있을까?
둘째, 나는 무엇을 해야만 하는가?
셋째, 내가 바랄 수 있는 것은 무엇인가?

언뜻 보면 간단한 질문 같지만, 절대 간단치 않은 삶에 대한 의문입니다. 이 질문으로 칸트는 학문의 진보를 이루어갈 수 있었습니다. 4차 산업혁명 시대를 주도하고 있는 실리콘밸리의 천재들도 질문을 던지며 미래를 개척해갑니다. 그들도 자신에게 묻고 답하는 것을 중요하게 여기죠. 대표적인 질문은 세 가지입니다.

첫째, 나는 누구인가?

둘째, 나는 왜 사는가?

셋째, 나는 무엇을 위해 살아야 하는가?

그들은 위와 같은 질문을 스스로에게 던지고 깊이 사색하며 글을 씁니다. 그리고 자신이 쓴 글을 다른 사람들과 나누며 서로 다른 생각을 공유하고 공감의 능력을 키워갑니다. 그런 노력으로 세계를 주도하는 위치에 설 수 있었던 것입니다.

칸트와 실리콘밸리 천재들처럼 철학적인 질문이 아니더라도 자기 인생을 점검할 수 있는 질문이 필요합니다. 김준엽 시인이 자신에게 질문을 던지고 답을 찾았던 것을 우리도 똑같이 해보면 어떨까요? 김준엽 시인이 자신에게 했던 질문을 정리해보겠습니다.

사람들을 사랑했습니까?

열심히 살았습니까?

사람들에게 상처 주는 일은 없었습니까?

삶이 아름다웠습니까?

어떤 열매를 얼마만큼 맺었습니까?

위의 질문에 펜으로 답을 적어보면 좋을 것 같습니다. 나아가 자신이 누구인지, 왜, 무엇을 위해 살아야 하는지도 생각해보는 시간을 가지길 권합니다. 이 질문에 현명한 답을 내놓을 수 있도록 살아가는 것이 인생의 열매를 기대하는 이들이 생각해봐야 할 지혜라고 생각합니다.

현명한 질문

'무엇이 될까?'보다
'어떤 사람으로
어떻게 살아갈 것인가?'라는 질문이
후회 없는 삶을 살게 합니다.

고독의 시간으로

혼자만의 시간을 갖기 힘든 시대를 살아가고 있습니다. 최첨단기계로 무장한 대중매체는 홀로 고요하게 시간을 갖도록 허락하지 않습니다. 볼거리가 넘쳐나 검색하고 보는 것만으로도 24시간이 모자랄 정도입니다. 연신 울려대는 메시지의 알람음에 반응하기도 벅찹니다. 사랑하는 가족이나 연인과 함께 있을 때도 스마트폰을 만지작거리며 시간을 보냅니다. 누군가와 함께 있는 상황이 더욱더 삭막해지고 진지한 대화조차 나누기 어려워합니다.

어쩌면 우리는 혼자만의 시간을 두려워하는지도 모릅니다. 사람들로부터 고립돼 있다고 생각할 수 있기 때문입니다. 혼자 있으면 불안감에 휩싸여 빠져나오려고 안간힘을 씁니다. 자기 존재감을 확인하기 위해 수도 없이 스마트폰에 접속합니다. 여기저기 댓글을 달고 문자를 보내는 것은 어쩌면 혼자가 아니란 것을 증명하기 위한 행동일 수도 있습니다.

혼자만의 시간을 가져본 적이 언제인가요? 자기 인생에 대해 진지하게 고민하면서 홀로 있어 본 적이 얼마나 됩니까? 앞으로 살아갈 인생, 내가 하고 싶은 일들, 삶의 희망을 부여잡는 데 필요한 것들에 대해 혼자만의 농밀한 시간을 가져본 적이 있었나요? 혼자만의 시간을 갖지 못하면 진정한 자기 자신에 대해 알 수 없습니다. 어쩌다 인생의 폭풍우가 몰아치면 앞으로 살아갈 의미와 동력을 쉽게 잃어버립니다.

인생의 의미를 캐묻고 답을 찾는 사상가들은 혼자만의 시간을 가져야 한다고 조언합니다. 혼자만의 시간 속에서 자기 존재 이유와 무엇을 위해 살아갈지와 같은 근원적인 질문에 답을 찾을 수 있기 때문입니다. 라이너 마리아 릴케는 『젊은 시인에게 보내는 편지』에서 이런 메시지를 전합니다.

"모든 성장과 발전을 조용하고도 진지하게 이어나가라는 것입니다. 자꾸만 바깥세계만을 쳐다보고, 당신의 가장 조용한 시간에 자신의 은밀한 감정을 통해서나 답해질 수 있는 성질의 질문들에 대해 외부로부터 답을 얻으려 할 때처럼 당신의 발전에 심각한 해가 되는 것도 없습니다."

"사랑은 오랫동안 인생 속으로 깊이 몰입하는 고독입니다. …… 사랑은 개인이 성숙하기 위한, 자기 안에서 무엇이 되기 위한, 하나의 세계가 되기 위한, 즉 상대방을 위해 그 자체로 하나의 세계가 되기 위한 숭고한 동기입니다."

성장하고 발전하려면 고독의 시간을 가지라고 말합니다. 이를 통해 인생의 의미를 찾을 수 있고 인생의 지혜를 발견할 수 있다고 말합니다.

헨리 데이비드 소로는 『고독의 즐거움』에서 고독을 예찬합니다.

"고독은 가장 가까운 친구, 그런데 왜 우리는 고독을 싫어할까, 자, 이제 나의 소중한 친구에게 손을 내밀어보자."

"가능한 한 혼자 지내는 것이 유익하다. 사람과 같이 있노라면 설령 그가 몹시 훌륭한 사람이라 하더라도 금세 지겨워지므로 시간 낭비다. 나는 혼자가 좋다. 고독만큼 마음 맞는 친구를 만나본 적이 없다. 우리는 방 안에 혼자 있는 것보다 바깥에서 사람 속에 있을 때 더욱 고독을 느낀다. 어디에 있건 생각을 하거나 일을 할 때는 늘 혼자다."

그는 하루에 한 번은 세상에서 가장 아름답고 사치스러운 고독의 시간을 갖는다고 말합니다. 그 시간 동안 자신이 살아가고 있는 의미와 가치를 깨닫기 위해서라며 메시지를 던집니다.

고독의 시간은 고요한 상태입니다. 물론 마음이 번잡하고 잡념에 사로잡혀 있으면 오히려 혼자 있는 시간이 괴로울 것입니다. 하지만 자신에게 묻고 대답해보겠다는 의도로 고독의 시간을 가진다면 마음이 고요해질 것입니다. "고요한 뒤에야 능히 안정되며, 안정된 뒤에야 능히 생각할 수 있고, 깊이 사색한 뒤에야 능히 얻을 수 있다"라는 『대학』의 경구처럼 고요한 상태가 돼야 비로소 오늘과 내일의 삶을 기대할 수 있습니다.

　오늘 당신의 삶은 어떠했나요? 삶의 목표를 향해 가는 길이 너무 바빴습니까? 아니면 어디로 가야 할지 답을 찾지 못해 고민하고 방황했습니까? 어떤 상태이든 우리에게 필요한 것은 고독의 시간입니다. 기꺼이 고독의 시간으로 들어가십시오. 마음이 고요해지길 기다리며 자신에게 묻고 답해보십시오. 그 시간의 넓이와 길이만큼 인생의 깊이와 의미도 발견할 수 있을 것입니다. 이런 과정에서 성숙이라는 아름다운 열매가 맺힐 테니까요.

고 독

고독하다고 슬퍼하지 마세요.

고독해야 추억을 더듬고,
그리운 사람을 떠올리고,
살아갈 삶을 탐색하고,
사랑을 갈망하니까요.

삶의 깊이는 고독에서 피어납니다.

글쓰기로 진정한 자신 만나기

요즘은 원고지에 글을 쓰지 않아도 블로그, 페이스북, SNS 등에 자기 생각을 마음껏 표현할 수 있습니다. 사진과 함께 짧게 소식도 전하고 생각을 표현하는 공간이지만 한 자 한 자 글을 써나가기가 쉽지 않습니다. 내 생각과 감정을 글로 효과적으로 표현한다는 것은 어려운 일입니다.

말로는 할 수 있겠는데 글로 표현한다고 하면 어렵게만 느껴집니다. 초등, 중등학교 때까지 글쓰기는 대개 검사받기 위한 용도가 많았습니다. 사생활과 내밀한 마음을 풀어놓은 일기까지 검사를 받고 지적을 받았으니 글을 쓴다고 하면 두려움에 사로잡힌 것 같습니다. 어떤 이들은 일기를 두 권에 따로 쓰기도 했습니다. 하나는 검사용, 다른 하나는 자신의 속마음을 털어놓는 용도로 활용했습니다. 그래서인지 글쓰기가 즐거웠던 적이 없었죠.

다행히 청소년기에 친구들과 편지를 많이 주고받았습니다. 그때는 통신기기가 발달하지 않아 소통할 때 편지를 주로 활용했습니다. 맞춤법이나 문법에 얽매이지 않고 자유롭게 마음과 생각을 나누었습니다. 말로 하지 못한 고백도 글로 쓰면서 우정과 사랑을 싹틔우곤 했죠. 글 쓰는 시간이 두렵지 않고 즐거워졌습니다.

하지만 편지의 시대가 저물고 SNS 속에서 짧은 글과 줄임말을 활용한 글쓰기는 다시 글에 대한 두려움을 가져다주었습니다. 누군가에게 보여주거나 자기 생각과 주장을 체계적이고 논리적으로 전개하는 데에는 익숙하지 못한 것이죠. 카톡이나 문자, 페이스북, 인스타그램에는 가벼운 마음으로 글을 쓰지만 자기 삶이나 생각, 주장이 담긴 글을 쓰는 데에는 부담스러워 합니다. 그럼에도 우리는 글쓰기에 도전해야 합니다. 그 이유를 소설가 애니타 브루크너의 말을 들으면 이해할 수 있을 것 같습니다.

"글쓰기를 시작할 때까지는 그것을 통해 무엇을 터득하게 될지 알수 없다. 당신은 글쓰기를 통해 그런 것이 있는 줄도 알지 못했던 진실들을 알아차리게 된다."

글을 쓰기 전에는 알 수 없던 것들이 쓰고 나서야 알 수 있다는 의미입니다. 쓰기 전에는 두려워서 도망치고 싶은 일로 여겨지지만, 막상 글을 쓰면 그 의미와 효과가 실로 어마어마하다는 것을 알 수 있습니다. 그래서 글쓰기의 참맛을 알게 된 사람은 만나는 사람마다 글을 써보라고 권유합니다. 하지만 그 맛을 보지 못한 사람은 여전히 미지의 세계로 여행을 떠나야 하는 사람처럼 글 쓰는 일을 두려워합니다.

자기가 고민한 흔적들을 살피며 글로 옮기다 보면 놀라운 일이 생깁니다. 바로 치유의 효과입니다. 여성학을 전공한 박미라 기자는 글쓰기로 치유 프로그램을 운영하고 있습니다. 그녀는 글쓰기가 내면의 아픔을 치유하는 데 얼마나 효과가 큰지 『치유하는 글쓰기』에서 이렇게 말했습니다.

"글쓰기는 참 탁월한 도구다. 단 한 문장으로도, 서툰 글솜씨로도, 아무렇게나 끼적인 낙서로도 치유의 효과가 나타나기 때문이다. 마음 치유의 방법은 아주 다양한데, 글쓰기 안에 그 모든 게 들어있다."

박미라는 상처 치유와 더불어 성숙한 삶으로 전환하는 지름길을 글쓰기에서 찾았습니다. 미국 텍사스 대학교 심리학과 제임스 페니베이커 박사는 글쓰기가 치유에 어떻게 도움이 되는지 연구결과를 발표했습니다. 그 논문 내용이 셰퍼드 코미나스의 『치유의 글쓰기』에 이렇게 나와 있습니다.

"그는 80년대 후반 강간 피해 여성들을 대상으로 글쓰기가 정신 건강에 어떤 영향력을 미치는지 조사했다. …… 페니베이커 박사가 만난 강간 피해 여성들은 분노와 상실감을 표출할 출구를 찾지 못해 절망의 늪에 깊이 빠져 있었는데, 글쓰기를 통해 구원의 밧줄을 잡을 수 있었다고 고백했다. 노트에 깨알같이 쏟아낸 단어들이 눈물로 흠뻑 젖었지만, 그렇게 함으로써 피해 여성들은 악몽의 껍데기를 한 겹 한 겹 벗겨낼 수 있었다."

글을 얼마나 잘 썼는지가 중요한 것이 아닙니다. 자기 인생의 흔적을 고스란히 적는 과정에서 놀라운 결과를 얻어낸 것입니다. 어디에 썼는지도 중요하지 않습니다. SNS든 낙서장이든 고민하는 부분과 속상한 일들을 적다 보면 자신도 모르는 사이에 놀라운 치유의 경험을 겪게 된다는 겁니다. 이런 과정에서 자신을 알고 이해할 수 있는 계기가 되는 것이지요.

담을 쌓고 지냈던 일들과 화해할 수도 있고, 누군가와 틀어졌던 관계가 회복될 수도 있고, 속상한 일들을 사과하고 용서받는 기회도 가질 수 있는 것이 글쓰기입니다. 나 자신과 소중한 관계를 맺고 이어가는 것도 글을 통해 가능해집니다. 자신과 관계가 좋아야 앞으로 삶도 의미 있게 전개해나갈 수 있습니다. 도미니크 로로의 말을 들으면 이해가 쉬울 것입니다.

"글을 쓰는 것은 자기 자신과 관계를 맺는 일이기도 하다. 글을 통해 자신과 만나는 행위에는 지성과 직관, 상상이 동시에 개입한다. 자신이 어떤 사람인지 정확히 모른다면 어떻게 삶의 방향을 정할 수 있겠는가? 글을 쓴다면 자기 자신을 알고 이해하는 데 훨씬 도움이 될 것이다."

확실히 글을 쓰면 자신이 누구인지 알게 되고 자기 삶을 이해할 수 있습니다. 쓰는 과정에서 자신에게 끊임없이 묻고 답하는 과정이 생성돼 앞으로 살아갈 방향을 정하는 데 밑거름이 됩니다. 생각이 글이 되면 그 글은 내 인생을 움직이게 만듭니다. 이것은 오직 쓰는 자만이 얻을 수 있는 효과입니다. 그 짜릿하고 오묘한 경험을 당신도 느껴보시길 추천합니다.

인생 신호등

단것만 골라서 먹으면
건강에 빨간불이 켜지듯이
우리의 인생도 하고 싶은 것만 하면
빨간불이 켜질 수 있어요.

인생의 초록불은
하기 싫지만
꼭 해야 하는 일을 할 때 켜진답니다.

책이 나에게 묻고, 내가 책에 묻는다

　청소년기에 손바닥만 한 문고판 책이 있었습니다. 세계명작과 고전을 비교적 싼 가격에 사 읽을 수 있었습니다. 휴대하기도 편해 어디서든 책을 꺼내 읽을 수 있어 인기가 많았죠. 도장 깨기처럼 1번부터 읽어가는 즐거움도 느낄 수 있었습니다.

　'인생이 뭘까?' '뭐가 돼야 하나?' 하고 고민하던 사춘기 시절에 책 읽기는 길 찾기를 돕는 방향키 같은 역할을 해주었습니다. 『나의 라임 오렌지 나무』의 제제 때문에 많이 울었고, 『부활』의 카츄샤에 아파했습니다. 카프카의 『변신』, 『데미안』, 『수레바퀴 아래서』 등의 고전문학들은 읽어도 이해되지 않았지만 어려운 이야기를 읽었다는 뿌듯함에 자신을 위로하기도 했습니다. 유명한 구절을 노트에 옮겨 적고 외우는 지적 허영심에 즐거웠던 시절이었습니다. 그 시절에 책은 좋은 친구이자 조언자였습니다. 고3 시절 스트레스가 쌓일 때마다 읽었던 추리소설은 피로 회복제이자 공부의 방해꾼이 되기도 했습니다.

그렇게 청소년 시절을 책과 함께하는 즐거움 속에서 살았습니다. 인생의 고민을 책에 묻고, 책이 나에게 어떤 삶을 살아가고 싶으냐며 물을 때마다 나름의 답을 찾기 위해 고민하고 생각에 잠기며 살아갈 길을 탐색했습니다. 그런 농밀한 시간이 삶의 자양분이 돼 방황의 시기를 극복할 수 있었던 것 같습니다.

그러나 요즘 아이들에게는 또 하나의 공부이자 스펙 쌓기의 목적으로 느껴져 아쉬운 생각이 듭니다. 책을 통해 즐거움을 찾기엔 어려운 일이 돼버린 것입니다. 또 요즘은 독서를 규칙적이고 습관적으로 하는 사람들이 별로 없습니다. 해마다 독서 인구가 줄고 책 판매량의 그래프도 눈에 띄게 하향곡선을 그립니다. 스마트폰이 보급되면서 더 심각해졌습니다. 검색으로 필요한 정보를 얻기에 급급할 뿐 사유하고 사색하며 성찰하는 시간을 갖지 못합니다. 생각하는 힘을 기르는 데 시간적인 여유도, 집중할 마음도 없습니다.

많은 사람에게 영향을 주는 이들을 보면 모두 독서가라는 사실을 알 수 있습니다. 어렸을 때부터 책을 가까이하며 상상력을 키우고 살아가면서 필요한 덕목을 배웠겠죠. 스스로 질문도 하면서 인생의 지혜를 깨달았을 것입니다. 그렇게 얻은 지혜로 인생을 이끌어갔고 시대를 넘어서는 영향력으로 후세 사람들에게 빛을 비추는 등불 같은 존재가 된 것입니다. 그들의 성찰은 또 다른 이들에게 메시지가 돼 삶에 파동을 일으켰습니다.

공직에서 추방된 후 독서와 글쓰기를 하며 생을 보낸 마키아벨리는 친구인 프란체스코 베 토리에게 이런 편지를 보냈습니다.

"저녁이 찾아오면 나는 집으로 돌아와 서재로 간다. 서재 문 앞에서 흙과 땀이 묻은 작업복을 벗고 궁정에 들어갈 때 입는 옷으로 갈아입는다. 이렇게 엄숙한 옷차림으로 고대인들이 모여 있는 궁정에 들어가면, 그들은 나를 반갑게 맞이한다. 그곳에서 나는 온전히 나만의 것이며 내가 태어난 이유인 음식을 맛본다. 고대 성현들에게 삶의 동기가 무엇이냐고 물으면, 그들은 친절하게 답해준다. 이렇게 서재에서 네 시간쯤 보내다 보면 세상사를 잊고, 짜증나는 일들도 모두 잊는다. 가난도 더는 무섭지 않고, 죽음에 대한 두려움으로 떨리던 마음도 편안해진다."

마키아벨리는 서재에서 고대 성현들이 써놓은 글을 읽고 그들과 대화를 하며 세상사를 잊었습니다. 책이 자신을 살피는 도구가 되었으며, 책으로부터 나아갈 길을 여는 힌트를 받았습니다. 또한, 삶의 스트레스를 푸는 것도 책에서 얻었습니다. 책을 통해 시대를 아우르는 사람들의 사상과 지혜를 배운 것입니다.

앞으로 살아갈 힘과 내공, 인생의 철학을 저장하려면 책을 읽어야 합니다. 저장된 내면의 힘이 없으면 인생의 겨울이 왔을 때 마음이 얼어붙을 수 있습니다. 삶의 갈림길에 설 때도 어떤 길을 선택해야 할지 갈피를 잡지 못합니다. 알맹이가 없는 빈껍데기 같은 삶을 살아갈 수 있다는 겁니다. 양식은 넘쳐나지만, 그것을 먹고 살아가야 할 이유를 모르면 모든 게 허사입니다. 육체의 양식은 많이 저장해둘수록 좋습니다. 마음의 양식도 마찬가지입니다. 다양하고 많은 책을 읽고 사유함으로써 나라는 사람이 만들어지는 것입니다.

단 한 권의 책을 읽더라도 생각의 감수성을 일깨우고 일생을 이끌어갈 수 있는 사상적 가치의 토대를 쌓을 수 있으면 됩니다. 내가 책에 묻고, 책이 나에게 물을 수 있는 그런 책을 만나는 것이 중요합니다. 내 삶의 등대가 될 수 있는 한 권의 책이 지금 우리에게 필요합니다.

옳은 길을 걸어가라

쉬운 길이 아니라
옳은 길을 걸어가야 합니다.

쉬운 길은 누구나 걸어갈 수 있지만
옳은 길은 그 길을 걸어야 하는 목적과 용기와
신념으로 무장되어야 가능합니다.

삶의 의미를 주고
후회하지 않는 삶은
옳은 길에서 만들어지니까요.

현실과 인생의 목표 사이에서

앞으로 걸어갈 길을 명확하게 그려내는 것의 중요성은 아무리 강조해도 지나치지 않습니다. 목표가 있어야 원하는 방향으로 항해할 수 있고, 그 목표가 간절하면 간절할수록 이루어질 확률도 더 높아집니다. 그래서 '꿈은 이루어진다! 생생하게 꿈꾸면 이루어진다!'라며 선명한 목표가 있어야 함을 강조합니다. 실제로 많은 사람이 삶의 목표를 글로 기록하고 입으로 선포해서 꿈을 이루었습니다.

도달해야 할 목표와 현실의 괴리감 때문에 힘들어하기도 합니다. 간절하게 원하는 목표가 있지만 현실을 보면 너무 막막해 괴로워합니다. 자기 힘으로는 현실의 상황을 넘어설 엄두가 나지 않는 거죠. 아무리 노력해도 목표에 도달하기까지는 너무 오랜 세월이 걸린다는 것도 깨닫습니다.

이런 상황에 부닥치면 삶의 의욕은 밑바닥을 치게 됩니다. 마음이 공허하고 쉽사리 용기도 생겨나지 않아 힘겨워합니다. 차라리 인생의 목표를 정하지 않고 오늘에 열정을 불태우며 사는 것보다 못할 때가 있어요. 이럴 때 우리는 어떻게 해야 할까요?

먼저 인생의 목표를 점검해볼 필요가 있습니다. 실현할 수 없는 망상인지 노력하면 이룰 수 있는 목표인지 구별할 수 있는 지혜가 필요합니다. 온종일 실현될 수 없는 망상에 휩싸여 있다면 괴리감으로 괴로움만 더해질 수 있으니까요.

망상과 꿈을 구별하기 어렵다면 자신의 삶을 조망해볼 수 있는 시각이 필요합니다. 현재 상황에 묻혀 있다면 자신의 모습을 올바르게 보고 판단할 수 없거든요. 아무리 출구를 찾으려고 해도 찾기가 어렵습니다. 오히려 미로 속에서 헤맬 수 있습니다. 그래서 자신의 모습을 제대로 볼 수 있는 곳으로 나아가야 합니다.

늘 자신을 바라보던 자리에서 벗어날 필요가 있습니다. 관점을 바꿔보는 것이죠. 낯선 곳에서 자신을 살피다 보면 의외로 보이지 않았던 부분을 발견할 수 있습니다. 자신을 잘 아는 주변 사람들의 조언도 필요합니다. 착각에 휩싸여 있는 자신을 올바로 바라보고 조언해줄 수 있는 사람을 만나면 쉽게 답을 찾을 수 있습니다. 개인심리학의 창시자이자 프로이트, 융과 더불어 3대 심층심리학자로 손꼽히는 알프레드 아들러도 다른 사람의 시선에서 자신을 바라볼 것을 조언합니다.

"다른 사람의 눈으로 보고, 다른 사람의 귀로 듣고, 다른 사람의 마음으로 느껴보아라. 당신의 기준과 생각은 이미 틀에 갇혀 있으므로 새로운 경험을 늘 방해한다. 제대로 보고 싶다면 다르게 보아야 한다. 그것이 합리화하는 습관의 굴레를 깨고 참된 경험을 하는 방법이다."

나와 다른 관점을 가진 이들의 조언을 들으면 의외로 쉽게 나아갈 길을 모색할 수 있습니다. 그렇다고 해서 인생의 목표가 금방 이루어지는 것은 아닙니다. 그곳에 도달할 수 있도록 한 계단 한 계단 오를 방법을 찾고 성취해가는 노력이 필요한 거죠.

목표를 이루어가는 인생의 길에는 각종 변수가 기다리고 있습니다. 계획한 대로 척척 이루어지는 목표는 거의 없으므로 하나씩 문제를 해결해나가야 합니다. 『이솝 우화』에 나오는 이야기가 교훈을 줄 수 있을 것 같습니다.

한 아가씨가 우유가 가득 담긴 통을 머리에 이고 시장에 팔러 갑니다. 그러면서 온갖 상상을 합니다.

'이 우유를 팔아서 달걀을 사야지. 그 달걀을 어미닭에게 품게 하면 병아리를 얻겠지. 그 병아리들을 키워 장에 내다 팔면 축제 때 입을 멋진 옷감을 살 수 있을 거야. 그럼 그 옷감으로 아름다운 드레스를 만들어 입고 파티에 참석하면 동네 총각들이 서로 춤을 추자고 야단일 거야. 그렇지만 난 거절해야지.'

아가씨는 이런저런 생각을 하다 자기도 모르게 고개를 흔들었습니다. 그 바람에 머리 위의 우유통이 흔들려 우유가 모두 쏟아지고 말았습니다. 현실을 외면한 채 먼 미래만 바라보다 낭패를 당한 모습을 우화가 말해줍니다.

그러나 동전의 양면처럼 도달해야 할 목적지를 바라보는 시선도 중요합니다. 현실만 바라보면 두려움에 휩싸이게 되니까요. 두려움은 자신감을 잃게 만듭니다. 의욕적으로 도전하다가도 어느새 현실의 무게감에 고개를 숙일 때가 많아집니다.

등산하다 보면 구름다리를 건널 때가 있습니다. 건널 수 없는 깊은 골짜기를 쉽게 건너가게 만들어놓은 것이 구름다리입니다. 그런데 문제는 구름다리는 철망으로 되어 있어 아찔한 골짜기가 그대로 보인다는 것입니다. 이때 나아갈 길을 보지 않고 철망 밑으로 시선을 고정하면 현기증 때문에 발걸음을 옮길 수가 없습니다. 웬만한 강심장이 아니고는 앞으로 나아가기조차 힘들죠.

그때는 도달할 목표에 시선을 고정하면 됩니다. 나아갈 목표에 시선을 고정하면 현기증도 두려움도 조금씩 멀어집니다. 그렇게 걸어가면 어느새 목적지에 가까이 다가갈 수 있습니다. 하지만 목표에서 시선을 잃게 되면 현실을 보게 됩니다. 부정적인 모습에 사로잡혀 스스로 포기할 수 있습니다.

당신이 도달해야 할 목적지와 현실의 거리는 얼마나 되나요? 그거리를 좁히기 위해 오늘 하루 어떤 노력을 했나요? 긍정적인 생각으로 나아갔나요? 아니면 불안에 떨며 핑곗거리를 찾았나요?

오늘을 어떻게 사느냐가 인생의 목표와 현실의 거리를 단축해줍니다. 중요한 것은 하루를 채우는 삶의 밀도를 높이는 겁니다. 삶의 밀도는 내면의 소리에 민감하게 반응할 수 있어야 높아집니다. 자신과 끊임없이 대화하는 과정이 필요한 것입니다. 그렇게 대화하며 나아가다 보면 촘촘하게 짜인 꿈의 계단이 만들어질 테고 우리는 그 계단을 오르는 기쁨을 맛보며 원하는 목적지로 나아가면 됩니다.

마음에 자라는 씨앗

마음 안에서 가장 잘 자라나는 것은
두려움과 걱정과 불평이에요.

잘 자라지 않는 것은
희망과 긍정과 감사랍니다.

신기하게도 두려움과 걱정과 불평은
아무런 보살핌이 없어도
혼자 쑥쑥 잘 자라요.

하지만 희망, 긍정, 사랑, 감사는
거름을 주고
세심하게 가꾸고
관심을 가져줘야 비로소 조금씩 자라나요.

보살펴주지 않으면
두려움과 걱정, 불평에 휩싸여
곧 시들어버린답니다.

제2의 사춘기

대다수의 사람은 청소년 시절 사춘기를 겪습니다. 알 수 없는 감정에 휩싸여 왜 화가 나는지도 모르게 화가 나고, 왜 슬픈지도 모르고 슬퍼하죠. 감정의 심한 기복과 행동 변화가 부모님과의 갈등을 불러오고, 상황은 더 나빠지기 일쑤입니다. 그때는 세상 모든 어른들을 적으로 생각하기도 합니다. 노래 한 소절에 눈물이 나고, 죽음에 대해, 삶의 의미에 대해 처음으로 깊이 고민하는 시기입니다. 뚜렷한 답은 찾지 못한 채 마음앓이만으로 시간을 보내는 청소년들이 많습니다.

그런데 인생을 살다 보면 그 시절의 일을 다시 겪게 될 때가 옵니다. 빠르면 30대에 그 시기를 맞이하고 보통은 40, 50대에 심리적 불안을 겪습니다. 이것을 갱년기 또는 중년의 위기라 부르죠. 제2의 사춘기로 불리며 청소년기에 겪었던 비슷한 감정과 갈등을 겪습니다.

사람마다 원인은 다르겠지만 대표적인 이유는 상실감에서 시작됩니다. 어느 날 문득 거울 속에 비친 얼굴에서 주름을 보게 되죠. 예전의 활력과 건강이 지속하지 않는다는 사실에 슬퍼합니다. 마음은 아직도 청춘인데 몸은 마음과 같지 않다는 것을 느끼게 되는 겁니다. 조금씩 삐거덕거리며 고장 나는 몸은 삶의 의지를 꺾어놓기도 합니다. 호르몬의 역전 현상 때문에 자신의 사고와 감정을 다스리기 힘들어합니다.

웬만한 고난과 실패에도 끄떡없이 강직했던 사람이 떨어지는 낙엽에 슬퍼하고 감성을 건드리는 음악이나 드라마에 눈물을 쏟아냅니다. 한없이 조용하고 다소곳하게 지내던 사람이 목소리를 높이며 할 말을 하고 더는 참지 않고 감정을 쏟아냅니다. 자신도 왜 그런지 모르는 삶을 느끼는 거죠. 때로는 '이런 인생도 있구나'라며 전혀 다른 삶을 만난 것에 기뻐하는 사람도 있고, '자신이 왜 이렇게 변했는지 이해할 수 없다'라며 부인하기도 합니다.

가족이나 친구들도 서서히 곁을 떠나갑니다. 아이들이 장성해서 부모 곁을 떠날 때 찾아오는 상실감은 인생의 의미를 되짚어보게 합니다. 모든 것을 바쳐서 헌신했는데 어느 날 훌쩍 떠나버린 자녀의 빈자리가 마음속에도 커다란 빈자리를 만들어내죠. 평생을 함께할 것만 같았던 친구들의 죽음을 보면서 남의 일 같지 않다는 생각을 하게 됩니다. 그러면서 인생을 마감해야 하는 시기가 다가옴을 느끼고 죽음에 대한 불안의식이 증대되면서 스트레스를 받게 되죠.

"나는 누구인가, 지금까지 무엇을 위해 살아왔지, 나는 앞으로 어디로 가야 하지, 인생의 의미란 무엇인가?" 같은 질문을 끊임없이 던지며 자기 존재에 대한 의미를 찾으려 힘씁니다. 이런 질문에 스스로 명확한 답을 찾지 못하면 망망대해에서 길을 잃어버린 느낌이 들 수 있습니다. 살아가는 의미가 사라진 것 같아 허탈해지고 상황이 심각해지면 우울증으로 번지게 되죠. 희망은 사라진 지 오래고 삶은 무기력해집니다. 여기서 더 심해지면 극단적인 일탈 행동을 보이거나 스스로 인생을 포기하는 일까지 발생하는 아주 무서운 마음의 병입니다.

당신은 청소년기에 사춘기를 어떻게 극복하셨나요? 나를 이해해주는 친구들이 있었습니까? 그래도 무조건 믿고 기다려준 부모님이 계셨나요? 그 시절을 견디게 해준 것이 무엇입니까? 시간의 태엽을 돌려 사춘기 시절로 돌아가 '제2의 사춘기'를 극복할 지혜를 발견하는 것이 좋을 것 같습니다.

다시 찾아오는 사춘기를 극복하려면 세월의 흐름을 인정할 필요가 있습니다. 상실의 아픔을 허용하는 것이죠. 나이가 들면 당연히 젊음이 상실된다는 사실을 인정하고 받아들이는 자세가 필요합니다. 가을이 오면 나뭇잎이 떨어지는 것처럼 우리 인생의 가을도 그렇게 다가온다는 사실을 받아들이는 것입니다.

중년의 위기를 슬기롭게 보내려면 과학 이론으로 중년을 연구한 데이비드 베인브리지의 말에도 귀를 기울여볼 필요가 있습니다. 그는 『중년의 발견』에서 중년의 특성을 이렇게 말했습니다.

"중년은 사실상 사회적, 경제적 힘이 대부분 최고가 되는 시기인데도, 중년인들은 미래에 자기 삶에 대한 통제력을 잃게 될 것을 더 걱정하는 경향이 있다. …… 좋은 일이 일어날 가능성을 높이기보다는 나쁜 일이 일어나는 것을 막으려 애쓰는 성향이 강해진다. 다양한 연구결과들에 의하면 중년의 사람들은 자신의 정체성에 더 확신하게 되고, 더 성실해지며, 더 '쾌활하게' 굴고, 더 열성적으로 여러 활동에 참여하려 들며, 젊은이들을 더 열심히 돕고자 한다."

그러면서 "중년은 즐거운 일을 할 시간과 지혜가 있으니 최대한 이용하라"고 전합니다. 더는 위축되지 말고 그 특성을 활용해 담대하게 나아가라는 뜻입니다.

데이비드 베인브리지의 말대로 지금까지 살아온 삶의 지혜로 남은 인생의 목적과 비전을 새롭게 정립하는 것도 좋겠습니다. 내가 가고자 하는 최종 목적지는 어디이며 어떤 과정으로 그곳에 도달해야 하는지 살피는 것입니다. 그것을 이루기 위한 구체적인 계획을 세우고 하나씩 이루어가다 보면 마음앓이에서 해방될 수 있습니다. 나이는 숫자에 불과하다는 생각으로 적극적인 사고로 살아가는 것도 좋습니다.

열심히 살아온 삶을 보상받듯 유유자적하며 지내는 것도 필요하지만 현재 시점에서 앞으로의 삶에 대한 새로운 비전이 필요합니다. "무엇을 위해 살 것인가?"에 대한 근원적인 질문이 필요한 것입니다. 거창한 것이 아니더라도 나름대로 인생의 궁극적인 목적이 설정되면 자기 존재 가치를 발견하게 됩니다. 그러면 방황하는 시간이 줄어들고 마음의 병에서도 서서히 멀어질 수 있을 것입니다.

가장 중요한 것은 반드시 이 시기는 지나간다는 것입니다. 사춘기가 그랬던 것처럼 사추기思秋期, 오춘기도 반드시 지나갑니다. "나는 위기가 없다"라며 스스로 강한 척하고 부정하지 말았으면 좋겠습니다. 누구에게나 찾아오는 위기를 기회로 만들어 부푼 희망을 안고 사는 모두가 되었으면 합니다. 마지막으로, 매들린 랭글의 말을 되새기며 의미 있는 내일을 만들어가길 기대합니다.

"어린 시절 우리는 어른이 되면 더는 나약하지 않을 거로 생각했다. 하지만 어른이 된다는 것은 나약함을 받아들이는 것이다. 살아 있다는 것은 나약하다는 것이다."

버리고 비우지 못하는 이유

버려야 얻을 수 있고
비워야 채워진다는 것을 사람들은 잘 알아요.
그런데도 우리는 쉽게 버리고 비우지 못해요.

버리고 나면 아무것도 얻지 못할까 봐
비우고 나면 아무것도 채워지지 않을까 봐
두려워 집착하는 거예요.

집 안에 가구나 살림살이를
들여놓을 때를 생각하며
과감히 버리고 비워보세요.

버리고 비워야 새로운 것이
채워지고 생성되니까요.

내려가는 것을 아는 인생

우리는 오르기 위해 동분서주합니다. 더 높은 곳을 향해 오늘을 투자하고 희생하죠. 새벽 미명부터 늦은 저녁까지 힘겨운 사투를 벌이는 것도 높은 자리에 앉으려고, 어제보다 더 비싸고 좋은 집에서 살아보고 싶기 때문입니다. 한마디로 등산과 같습니다.

등산은 말 그대로 산을 오르는 것입니다. 완만한 길에서부터 시작해 점점 경사가 있는 길을 올라야 하죠. 가파른 오르막길을 만나면 숨이 턱밑까지 차오릅니다. 수많은 고갯길을 넘을 때마다 다음 고갯길을 넘어서면 정상이 나올 거라며 희망을 품고 나아갑니다. 터질 것 같은 가슴을 조절하며 움직이지 않는 다리를 부여잡고 비탈길을 정복해야 비로소 정상에 다다를 수 있습니다.

그러나 등산에서 정말 중요한 것은 내리막길입니다. 산행 사고는 대부분 내리막길에서 생기잖아요. 긴장을 내려놓다 보면 자신도 모르게 낙상을 당하게 됩니다. 풀어진 긴장은 다리마저 풀어지게 해 사고를 당하게 되죠.

우리 삶도 오르는 것보다는 내려오는 것이 더 중요합니다. 온갖 고생으로 간신히 목표지점에 도착해서 자칫 방심으로 애써 쌓아놓은 인생의 열매가 한순간에 무너질 수 있기 때문입니다. 『성경』에는 "선 줄로 생각하는 자는 넘어질까 조심하라"라는 말씀이 나옵니다. 자기 스스로 뭔가를 성취했다고 생각할 때가 가장 위험한 순간이라는 의미입니다.

성을 쌓기는 힘들지만 무너지는 것은 한순간입니다. 성공의 자리로 올라서는 것은 어렵지만 나락으로 떨어지는 것은 한순간입니다. 일찍이 노자도 『도덕경』을 통해 이런 삶을 경계했습니다.

"넘치도록 가득 채우는 것보다 적당할 때 멈추는 것이 좋습니다. 너무 날카롭게 벼리고 갈면 쉬 무디어집니다. 금과 옥이 집에 가득하면 이를 지킬 수 없습니다. 재산과 명예로 자고해짐은 재앙을 자초합니다."

자신이 이룬 성과를 보고 스스로 높은 체하거나 높다고 여기면 재앙을 자초한다는 의미입니다. 우리 사회에 어느 정도 성공을 이룬 사람들의 삶을 보면 알 수 있습니다. 저명인사가 아니더라도 주변에서 이런 사람을 자주 보게 됩니다. 어느 정도 살 만하면 쾌락에 빠지거나 언행의 실수로 치명타를 입습니다. 그러기에 교만하지 말아야 하고 한발 물러설 줄 아는 지혜가 필요합니다.

청나라의 서화가 정섭은 44세에 과거에 급제해 관직을 얻었습니다. 그런데 청렴했던 그가 혼탁한 관청에 미움을 사 낙향하게 됩니다. 그가 쓴 글 중에 '난득호도難得糊塗'란 현판이 있습니다. 어수룩하거나 바보처럼 굴기가 어렵다는 의미입니다. 그 현판의 글 밑에 주석처럼 달린 글귀가 있습니다.

"똑똑해 보이기도 어렵지만, 바보처럼 보이기도 어려운 일이다. 총명하면서 바보처럼 보이기는 더욱 어렵다. 총명함을 내려놓고 한발 뒤로 물러나라. 하는 일마다 마음이 편할 것이다. 의도하지 않아도 나중에 복이 올 것이다."

『도덕경』에서 말한 재산과 명예로 교만해지는 것이 재앙을 자초한다는 의미와 통하는 말입니다. 사람들은 자신의 잘남을 내세우고 싶어 합니다. 손해 보는 것도 싫어합니다. 조금이라도 더 가지려고 안달입니다. 그러다 한꺼번에 모든 것을 잃게 됩니다.

내 삶에서 스스로 섰다고 생각할 때가 가장 위험한 순간이 될 수 있습니다. 뭔가를 성취했다고 생각했을 때 교만해지기 쉽습니다. 자기 생각이 옳다고 주장하다 다른 사람의 의견을 무시할 수 있고 마음에 상처를 안겨줄 수 있습니다. 사람의 마음을 잃으면 모든 것을 잃습니다. 그러니 스스로 섰다고 생각할 때를 조심하는 것이 중요합니다. 이제는 산 정상에 섰으니 마음 놓고 내려가야지 하고 방심하면 다치게 되는 이치와 같습니다.

　인생의 지혜는 스스로 섰다고 생각할 때 겸손하며, 물러서야 할 때를 간파하고 내려갈 줄 아는 데 있습니다. 내려갈 때를 놓치거나 집착하면 오히려 추하고 다치게 됩니다. 낮아지고 사라지고 내려가는 것이 삶의 이치라는 것을 기억하면 좋겠습니다.

행복한 삶이란

행복이란 말이 넘쳐나는 시대입니다.
여기저기서 행복해야 한다고 말하고,
때로는 강요를 받기도 해요.

그런데도 "저는 행복합니다"라고
자신 있게 말할 수 있는 사람을 찾아보기 어려워요.

누군가 정해놓은 행복의 기준을 따르면
삶이 고달파집니다.
그 기준을 따라가기 바쁘니까요.

지나치게 행복해지려고 하지 마세요.
대신 스스로 만족스러운 삶을 추구하세요.

만족스러운 삶은
누군가 정해놓은 기준이 아니라
자신이 느끼는 감정이에요.

자기 스스로 만족한 삶이 곧 행복입니다.

여행, 나를 만나는 새로운 통로

　여행은 언제나 설렙니다. 어린 시절 소풍과 수학여행, 수련회 등은 그 자체로 기쁨이고 행복이었습니다. 낯선 곳이라 두려움도 없지는 않지만 여행한다는 것만으로 마음이 요동칩니다. 지겨운 일상을 벗어나고 싶어서, 모든 것을 털어버리고 싶어서, 자유로운 영혼이 되고 싶어서, 지칠 대로 지친 피로를 풀고 힐링을 하기 위해서 여행을 떠나려고 하죠.

　하지만 현실의 무게 때문에 상상만 해도 즐거운 여행 계획을 허물어야 할 때가 많습니다. 경제적인 어려움과 낯선 곳에 대한 두려움이 여행을 떠나지 못하게 하죠. 특히 혼자 떠나는 여행은 더 어렵습니다. 혼자라는 두려움으로 쉽게 길을 나서지 못하는 겁니다.

　그런데도 여행을 떠날 필요가 있습니다. 여행은 단순히 놀이와 휴식이 아니라 나를 만나는 시간이기 때문입니다. 지금까지 알지 못했던 나를 발견하고 돌아볼 기회를 얻도록 해줍니다. 자신이 어떤 사람인지를 알아가게 되는 것이죠.

이탈리아 여행기를 쓴 김미진은 『로마에서 길을 잃다』에서 여행의 의미를 이렇게 말합니다.

"여행은 지도가 정확한지 대조하러 가는 게 아니다. 지도를 접고 여기저기 헤매다 보면 차츰 길이 보이고 어딘가를 헤매고 있는 자신의 모습이 보인다."

우리 삶의 여정은 여행과 비슷합니다. 계획한 대로 인생의 길이 펼쳐지기도 하고 때로는 낯선 길에 빠져 헤매기도 하잖아요. 예기치 못한 길에 빠져 허우적거릴 때도 있지만 낯선 풍경에서 새로운 감각을 곤두세우게 되고 그로 인해 자신의 진정한 면모를 발견하기도 합니다. 한 번도 생각해보지 못했던 자신과 우연히 만나게 되는 것이죠. 그런 경험은 지금까지 삶의 동선과 전혀 다른 인생의 길로 들어서게 하는 인도자가 되어줍니다.

위와 같은 경험을 한 사람이 바로 변화경영전문가 구본형입니다. 그는 직장생활을 하던 중 홀로 떠난 여행에서 자신이 앞으로 살아갈 길을 새롭게 발견하고 과감하게 사표를 내던질 이유를 발견합니다. 그의 유고작인 『나는 이렇게 될 것이다』에서는 여행을 이렇게 설명했습니다.

"삶 자체가 여행이다. 생명이 시작할 때 죽음도 같이 시작된다. 인생의 중반에 이르러 생명의 양과 죽음의 양은 절반씩 인생을 양분한다. …… 나는 빛과 그림자 사이를 걷는다. 뜨거우면 나무 그늘에 앉아 쉬고, 추우면 햇빛 쪽으로 나온다. 여행은 삶의 질서에 지친 사람들이 자유를 찾아 길로 나서는 것이며, 길 위의 나그네로 지내는 자유에 지치면 다시 일상의 질서로 되돌아오는 것이다. 다른 사람 속에서 나를 보고, 내 속에서 다른 사람을 본다.”

여행을 통해 깨달은 성찰이 눈부십니다. 인생이라는 무대에서 다른 배역으로 살아보는 기회를 여행을 통해 발견할 수 있다고 강조합니다. 그렇습니다. 자신이 어떤 삶을 살아가고 싶은지 알 수 있으려면 자신에게 묻고 답하는 과정이 필요합니다. 그런 시간은 일상생활에서 쉽게 만들어지지 않습니다. 바쁜 일상에서 자신과 직면하는 시간을 갖기란 말처럼 쉽지 않죠. 그런 의미에서 여행은 자신을 바라볼 기회를 제공한다는 점에서 아주 효과적입니다.

여행길에서 찾은 지혜의 열쇠라는 부제의 『프린세스 심플라이프』라는 책이 있습니다. 이 책의 저자 아네스 안은 여행의 의미를 이렇게 밝힙니다.

“여행이란 일상에서 영원히 탈출하는 것이 아니다. 좀 더 새로워진 나를 만나는 통로이며 넓어진 시야와 마인드 그리고 가득 충전된 에너지를 가지고 일상으로 돌아오게 하는 것이다.”

실제 여행은 생각과 계획대로 되지 않을 수도 있습니다. 음식으로 고생할 수도 있고 현지에서 느끼는 감흥이 크지 않을지도 모릅니다. 그러나 아무리 고생한 여행일지라도 얻은 것이 있다는 것을 깨닫게 됩니다. 좌충우돌하는 과정에서 인생의 중요한 것을 배우고 깨달을 수 있다는 겁니다.

홀로 세계를 여행한 한비야는 『1그램의 용기』에서 혼자 하는 여행의 중요성에 대해 이렇게 강조했습니다.

"혼자 다니면서 부딪히는 사람들과 사건 사고를 통해 마음에 드는 나 또는 꼴 보기 싫은 나를 만나면서 조금씩 내가 어떤 사람인지 알아가게 된다. 여행 중 최고로 좋은 여행은 혼자 걷는 여행이다."

혼자 여행을 떠나본 사람들은 그 시간의 매력을 충분히 알고 있는 듯합니다. 그중 가장 큰 매력은 혼자만의 시간을 통해 자기 삶을 돌아보고 사색할 수 있는 시간을 만날 수 있다는 것입니다. 그녀는 "자신이 어디로 가고 싶은지 거기로 가려면 무엇을 해야 하는지에 대한 방향을 스스로 잡아야 한다"라고 조언했습니다.

번잡한 곳을 떠나 나에게 집중하는 시간이 필요할 때입니다. 새로운 환경에서 자신을 바라볼 때 새로운 나를 발견할 수 있습니다. 과감하게 떠나는 사람만이 자신의 진정한 모습을 발견할 수 있고 만날 수 있다는 사실을 생각하며 짐을 꾸려보는 건 어떨까요?

나이 들며 깨달아지는 것

나이가 들어가며 깨달아지는 것들이 있어요.

삶이 원하는 방향으로
척척 바뀌지 않을 수도 있다는 거예요.

'살다 보면 사람이 그럴 수도 있지'라는 생각도 들어요.
견딜 수 없는 고통과 고난도
시간이 흐르면 지나간다는 것도 깨닫게 되죠.
지금까지 내가 옳다고 여기는 것들이
틀릴 수 있다는 것도 알게 됩니다.

그러니 내가 원하는 대로
일이 풀리지 않는다고 낙심하지 마세요.
'사람이 왜 저래?'라는 생각도 멀리하세요.
고통과 고난이
영원히 지속할 거라는 생각도 버리세요.
때로는 내 고집을 꺾고
다른 사람의 조언에도 귀 기울여보세요.

그러다 보면 삶이 유연해지고
한결 넉넉하게 살아갈 수 있게 되니까요.

5장

소박하게 누린다는 것

소박하게 누린다는 것

　예전에 가르쳤던 아이들 중에 남부러울 것 없이 좋은 조건 속에서 살아가는 아이가 있었습니다. 부모님의 직업과 사회적 위치, 경제적인 부분까지 완벽해 보일 정도였습니다. 그런 아이가 어느 날 함박웃음을 지으며 이렇게 말하더군요.

　"선생님, 오늘 아빠랑 처음으로 길거리에서 어묵을 먹었어요. 아빠가 가방도 들어주었고요. 근데 기분이 너무 좋았어요."

　그 아이를 만난 후 가장 행복한 얼굴을 보았습니다. "비싸고 좋은 것들을 다 누리고 사는데 어묵 하나에 기분이 그렇게 좋았어?"라며 짧은 대화를 마쳤습니다. 아이가 행복한 것은 어묵 때문은 아니었을 겁니다. 항상 바쁜 아빠와 함께 시간을 보낸 것, 어묵 먹자는 아이의 요청을 거절하지 않은 것, 게다가 무거운 가방까지 들어준 고마움 등 여러 가지 이유가 있었을 것으로 생각합니다. 좋은 호텔에서 고급요리를 먹는 것보다 아이는 아빠와 단둘이 먹은 어묵을 잊지 못할 것 같습니다.

우리는 경제적으로 많은 것을 누리게 해주면 아이가 행복할 것이라고 착각합니다. 물론 경제적으로 채워주지 못할 때도 아이들이 겪는 고통은 있겠죠. 그러나 진짜 행복은 작고 소박한 것이라도 사랑하는 사람과 함께할 때 생성됩니다. 그런 소박한 것들 속에서 안정감도 누릴 수 있습니다.

소박한 즐거움을 부르짖은 윤리철학의 창시자 에피쿠로스는 "풍요로움이란 우리가 소유한 것이 아니라 우리가 누리는 것으로 만들어진다"라고 말했습니다. 고대 그리스 시대 사람으로 아직 경제에 대한 개념이 불분명할 때 내린 정의가 인생의 정수를 알게 합니다.

온 가족이 품위 있는 곳에서 식사 한 끼를 해보겠다고 오늘 함께 시간을 보내지 못한다면 오늘 행복을 훗날로 미루는 것과 다를 바 없습니다. 그런데도 우리는 멋진 레스토랑에서의 한 끼를 위해 많은 것을 희생하고 있습니다. 고급레스토랑에서 격식 있는 식사를 곁들이지 않아도 길거리에서 먹는 어묵꼬치 하나가 사람을 행복하게 해줄 수 있습니다. 일상의 소소한 일들이 곧 행복을 가져다주는 통로가 되기 때문입니다.

『이솝 우화』에 나오는 '사자와 토끼' 이야기를 보면 우리가 이 시대를 살아가는 모습이 잘 반영되어 있습니다.

사자가 깊이 잠들어 있는 토끼를 발견하고 잡아먹으려고 했습니다. 그때 사슴이 사자 옆을 지나가고 있었습니다. 사자는 토끼를 내버려두고 사슴을 쫓아갔습니다. 사슴이 뛰어가는 소리에 놀란 토끼가 잠에서 깨어 사자를 보고 달아났습니다. 사슴을 뒤쫓다 잡지 못한 사자가 단념하고 토끼가 있던 곳으로 돌아왔습니다. 하지만 토끼는 이미 사라져버린 뒤였습니다. 사자는 중얼거렸습니다.

"이거야말로 자업자득이다. 손안에 있는 음식을 버리고 더 큰 희망을 택했으니……."

자기 안에 있는 것을 두고 다른 뭔가를 찾아 나서는 인간의 삶을 비꼬는 메시지가 담겨 있습니다.

행복은 결코 물질에서 나오는 것이 아닙니다. 가난한 나라의 행복지수가 우리보다 높은 것을 봐도 알 수 있습니다. 행복해지기 위해서 물질을 추구한다고 하지만 그 때문에 잃어버리는 것들이 무엇인지 관심을 가져야 합니다. 훗날의 행복을 위해 오늘 희생한 것들이 무엇인지 점검할 시간이 필요합니다. 소박하게 누리는 시간이 사랑하는 이들의 마음에 영원히 잊히지 않을 추억으로 남아 있을 테니까요.

말하고 살아요

"사랑해요!"
"고마워요!"

언젠간 말하겠다고 하던 말,
혹시 마음속에만 담아 두진 않았나요?

말하지 않고 마음에만 담아두면
사랑하고 있는지,
고마워하고 있는지 알 수 없어요.

내 마음에도
가까운 사람에게도
사랑한다고
고맙다고 말하며 살아요, 우리.

사랑과 고마움은
표현하는 만큼 전달되니까요.

천천히, 가만히, 오래도록

어느덧 핸드폰 갤러리에 꽃 사진이 가득합니다. SNS 프로필 사진
도 꽃으로 바뀌었습니다. 작은 들꽃에도 눈길이 가고, 꽃이 있으면
저절로 발길이 멈춰집니다. 저만 그런 것이 아니더군요. 친구들의
핸드폰도 저와 비슷한 소재의 사진들로 가득했습니다. 나이를 먹었
다는 전조증상이라며 친구들과 함께 웃고 말았습니다.

청춘의 때는 예쁘게 포장되고 장식된 꽃에서 아름다움을 느꼈습니
다. 그런데 나이가 들수록 세상의 모든 꽃이 예쁘게 보입니다. 호르
몬의 변화인지 마음이 감상적으로 바뀌어서 그런지 모르겠지만 즐
거움과 행복을 느끼는 요소들이 달라집니다. 얻는 것보다는 내려놓
아야 할 일들이 많아진다는 것도 깨닫게 됩니다. 그 빈곳만큼 다른
것들을 돌아볼 마음이 생긴 건 아닐까 생각해봅니다.

들판에 핀 야생화도 허리를 굽히고 자세히 살펴야 예쁨을 발견할

수 있다고 시인은 노래했습니다. 자세히 봐야 예쁘고 오래 봐야 사
랑스럽다는 건 비단 들꽃만이 아닐 겁니다. 사람도 그렇습니다. 자
세히 들여다보면 좋은 성품과 마음이 보입니다. 생명의 탄생은 놀라
운 신비입니다. 그 신비를 더욱 밝게 만들어주는 게 자세히 들여다
보려는 마음인가 봅니다.

"인간은 진실한 대화를 통해 깊은 관계를 맺어가기 원한다"라고
장 자크 루소는 말했습니다. 톨스토이 역시 같은 의미로 이렇게 말
했습니다. "자신을 완성하려면 정신적인 교감을 포함해 다른 사람
과의 관계도 잘 맺어야만 한다. 다른 사람과 교제를 맺지 않고 또한
다른 사람에게 영향을 미치거나 영향을 받지 않고서는 자신을 살찌
워나갈 수 없기 때문이다."

『장자』「덕충부 편」에는 발뒤꿈치가 잘린 장애인이었던 노나라의
왕태 이야기가 나옵니다. 몸이 불편한 왕태에게는 어찌된 영문인지
제자가 많았습니다. 어느 날 상계가 공자에게 이렇게 물었습니다.

"아니 왕태는 장애인인 데다 거의 아무것도 가르쳐주지 않는데 어
째서 자네와 비슷할 정도로 제자가 많은 건가?"

그러자 공자가 말했습니다.

"사람들이 흐르는 물에 자기 얼굴을 비춰보는 것을 보았는가? 왕
태는 그에게 오는 사람들이 스스로를 있는 그대로 볼 수 있게 해주
고 있다네. 그것이 그의 능력이지."

이 말은 왕태가 제자 본인의 모습을 천천히 그리고 자세히, 자신의 기준으로 들여다보게 만들어 스스로 깨달음을 얻게 하고 있다는 의미였습니다. 바로 이것이 공자가 본 왕태의 힘이었습니다.

꽃향기는 가까이 다가가 고개를 숙여야 맡을 수 있는 것처럼 이제 우리도 서로를 알기 위해 조금 더 가까이 다가서면 어떨까요? 멀리서 판단하기보다, 누군가 내게 심어준 선입견을 갖기보다, 내가 직접 다가가 자세히 오래 바라보면서 느껴보는 겁니다. 어렵고 힘들더라도 그렇게 오늘을 살아가면 좋겠습니다.

상 처 치 유 법

상처는 약을 바르고
아물 때까지 조용히 기다려줘야 해요.

하지만 마음의 상처는
조용히 기다려주어서는 낫지 않아요.

자꾸 다독거려주고 괜찮다고 이야기해주고
관심을 보여줘야 아물어집니다.

사랑, 더는 미루지 않기

  마음의 여유를 갖기 힘든 시대에 살고 있습니다. 새벽부터 저녁까지 한눈팔지 않고 열심히 일해도 먹고살기가 녹록지 않습니다. 노후 문제까지 생각하면 마음이 답답해지죠. 애써 좋은 생각, 희망적인 마음을 품어보려고 해도 불안은 쉽게 사라지지 않습니다.

  그래서 더욱 삶에 열정을 쏟아붓습니다. 코로나19와 사회변화들이 불안을 더욱 가중하기도 해서 여유를 가지고 살아가는 것이 사치처럼 여겨지기도 합니다. 어느 순간부터 사랑하는 이의 눈빛을 바라볼 시간조차 없이 쫓기듯 살아가고 있는 것 같습니다.

  사랑하는 이들과 눈빛을 나누었던 시간을 떠올려봅니다. 그때는 사랑을 영원히 간직할 것 같이 열정을 불태우기도 했습니다. 사랑하는 아이가 세상에 태어났을 때는 또 어땠나요? 온 세상을 다 가진 것처럼 행복했습니다. 아이가 내 옆에 숨 쉬고 있는 것 자체만으로도 감사하게 생각한 적이 있었을 것입니다.

얼굴을 바라보는 것만으로도 기쁨이 넘쳤습니다. 처음 사랑하는 이를 만났을 때 그런 마음을 충분히 느꼈으니까요.

그런데 언제부턴가 우리는 그런 소중한 사랑의 순간은 망각한 채 다른 것들에 빠져버리고 말았습니다. 대화도 사라졌습니다. 가족들 모두가 각자 방으로 들어가 혼자만의 세계에 빠져 살아갑니다. 공부한다며, 피곤하다며, 직장 다닌다며, 스트레스 해결한다며, 약주 한 잔한다며, 저마다 의미 있는 핑계를 댑니다. 스마트폰에 할애할 시간은 있지만 따뜻한 대화를 나눌 시간은 없습니다.

사랑의 첫 번째 의무는 상대방 말에 귀 기울이는 것이라지만 대화가 사라지니 귀를 기울일 일조차 없게 된 것입니다. 말하는 법도, 듣는 법도 잊어버리고 살아가고 있는 것 같습니다.

저마다 나름대로 바쁘게 살아가는 것은 사실 사랑하는 사람과 더 행복한 시간을 만들기 위해서입니다. 돈을 벌겠다는 목적도 사랑하는 사람과 더 많은 행복을 나누기 위함입니다. 그런데 언제인가부터 목적과 수단이 바뀌어버렸습니다. 행복이 목적인데 돈이 목적이 돼버린 거죠.

수단이 목적으로 바뀌면 삶이 뒤죽박죽 엉키게 됩니다. 예전의 사랑을 되찾는 것이 큰 의미가 없게 느껴지는 거죠. 사랑을 위해 다가서면 어색해진 사이가 더 서먹서먹해지고 맙니다. 대화를 시도하려고 해도 무슨 말부터 해야 할지 모릅니다. 애써 대화를 시도하다 스마트폰만 만지작거리게 됩니다. 이런 시간이 길어지면 더는 회복할 수 없는 길로 접어들 수도 있으니 경계해야 합니다.

N. H 클라인바움의 『죽은 시인의 사회』는 동명의 영화로 더 유명해졌습니다. 영화에서 닐의 아버지는 사랑의 대화가 사라진 것이 얼마나 위험한지 잘 보여주고 있습니다. 닐은 엄격한 아버지 때문에 명문 웰튼 고등학교에 갑니다. 아버지의 뜻대로 의사가 되기 위해 열심히 공부하죠. 그러다 키팅 선생님을 만나고 자신이 정말 원하는 것이 무엇인지 발견하게 됩니다.

하지만 아버지는 닐이 원하는 연극을 반대합니다. 그 학교에 있으면 의사가 될 수 없다고 생각해 전학까지 시도합니다. 그 과정에서 닐의 의견을 묻거나 따뜻하게 대화를 나누는 장면은 볼 수 없습니다. 일방적인 통보만 있을 뿐이죠. 닐은 자신이 원하는 인생을 살 수 없다고 판단하고 스스로 목숨을 끊고 맙니다.

아버지는 닐을 너무 사랑했기에 의사의 길을 가길 원했지만 닐의 생각은 달랐습니다. 서로 얼굴을 맞대고 충분히 이야기를 나누었다면 극단적인 결과로 막을 내리지는 않았을 것입니다.

사랑의 눈빛을 교환해본 적은 언제였나요? 나의 눈높이가 아닌 상대의 눈높이로 대화해본 적은 또 언제였습니까?

진짜 사랑은 강요가 아닙니다. 자기의 뜻대로 조종하는 것도 아니죠. 상대의 의견을 존중해주고 이야기를 들어주는 것입니다. 그런 과정에서 이견을 좁혀 나갈 수 있습니다.

사랑하는 이들의 말에 귀를 기울이고 들어주는 시간을 허락해야 합니다. 오늘 하루 있었던 사소한 일들에 대해 이야기를 들으며 고개를 끄덕여주고 맞장구치는 노력도 필요하죠. 피곤하고 힘들어도 아주 잠깐의 시간을 허락하면 사랑의 눈빛도, 사랑의 회복도 이룰 수 있습니다. 포옹도 좋습니다. 하루에 네 번 포옹을 하면 살아갈 수 있는 최소한의 힘을 얻는다고 합니다. 여덟 번은 삶을 지속하는 힘을, 열두 번의 포옹은 성장하는 데 필요한 자양분을 생성시켜줍니다.

미치 엘봄의 『모리와 함께한 화요일』은 제자 미치가 죽음을 앞둔 모리 교수를 찾아가 인생의 중요한 메시지를 나누는 이야기입니다. 모리 교수는 수많은 인생의 주제들을 뒤로하고 첫째 만남에서 사랑을 나눠주는 법과 사랑을 받아들이는 법을 배우는 것이 인생에서 가장 중요하다고 말합니다. 이럴 때 개인뿐만 아니라 사회가 변화될 수 있다고 생각한 것입니다. 그러면서 이런 대화를 나눕니다.

"미치, 어떻게 알지도 못하는 사람들이 마음에 걸리느냐고 물었지? 내가 이 병을 앓으며 배운 가장 큰 것을 말해줄까?"

"그게 뭐죠?"

"사랑을 나눠주는 법과 사랑을 받아들이는 법을 배우는 게 인생에서 가장 중요하다는 거야."

죽음을 앞둔 사람이 전하는 메시지라 더 큰 울림으로 다가옵니다. 분주한 삶을 살아가는 근본적인 이유를 깨닫게 합니다.

우리의 삶은 결국 오늘을 살면서 사랑을 나누고 그 사랑의 힘으로 살아가는 것입니다. 그런 사랑, 더는 미루지 말았으면 합니다. 눈을 맞추고 삶의 이야기를 나누며 다독여주는 시간이 지금 우리에게 필요합니다.

사랑은 저축이 아니에요

불투명한 미래 행복을 위해
수많은 오늘을 희생하며 살지는 않았습니까?

사랑하는 사람에게 진심이 담긴 말 한마디,
사랑스러운 눈빛,
애정 어린 다독거림,
함께하는 시간을
불투명한 내일을 위해 아껴두지 마세요.

사랑은 저축이 아니니까요.

가장 중요한 것은 눈에 보이지 않는다

겉으로 보이는 것이 중요한 시대입니다. 좋은 인상을 주기 위해 갖가지 방법을 동원되고, 성형은 이제 기본입니다. 남자 화장품 광고가 낯설지 않을 뿐만 아니라 매출이 해마다 증가하고 있다는 소식이 더 놀랍게 들리지 않습니다.

집 앞에 산책만 나가도 고급 아웃도어를 입고 다니는 것이 보통입니다. 명품 옷과 가방이 경제와 상관없이 잘 팔리는 것이 현실입니다. 고급 브랜드 세일 소식은 코로나 19도 막지 못했으니까요. 너도나도 보이는 것에 매몰되다 보니 보이지 않는 것의 중요성은 잃은 채 살아가게 합니다. 사람이 살아가면서 느껴야 할 삶의 진정한 의미와 보람, 진실에 눈이 멀게 되는 것이죠.

생텍쥐페리의 『어린 왕자』는 우리의 모습을 투영해줍니다. 어린 왕자는 자신이 사는 별을 떠나 지구까지 오게 됩니다. 그리고 지구에서 여우를 만나 인생에서 진정으로 중요한 것이 무엇인지 배우게 되죠. 어린 왕자와 여우와의 대화 중에 많은 사람이 알고 있는 유명한 대목이 있습니다.

여우가 말했습니다.
"아까 말해주겠다던 비밀은 이런 거야. 그것은 아주 단순하지. 오직 마음으로 볼 때만 모든 것이 잘 보인다는 거야. 가장 중요한 것은 눈에 보이지 않아."
"중요한 것은 눈에 보이지 않는다……."
어린 왕자는 이 말을 잘 기억하도록 되뇌었습니다.
여우는 길들여진다는 의미를 설명하면서 중요한 것은 눈에 보이지 않는다고 말합니다. 그 말을 듣고 어린 왕자는 상념에 잠기며 자신의 별에 있는 하나밖에 없는 장미를 떠올립니다. 장미가 자신에게 아무렇게 대하고 요구하는 것이 싫어 떠났기 때문이죠. 자신이 장미를 길들이지만 장미의 투정을 견디지 못해 떠난 것이 미안한 것이었습니다.
"사실 난 아무것도 이해할 줄 몰랐어. 꽃이 하는 말이 아니라 행동으로 판단했어야 했는데. 꽃은 나에게 향기를 주었고 눈부신 아름다움을 보여주었는데. …… 그 불쌍한 말 뒤엔 따뜻한 마음이 숨어 있는 걸 눈치챘어야 했는데."

어린 왕자는 장미가 했던 말만 듣고 내면을 보지 못했음을 후회합니다. 장미의 내면을 보았다면 쉽게 장미 곁을 떠나지 않았을 것이라는 겁니다. 여우는 어린 왕자에게 자신이 길들인 장미에 대한 책임의식을 일깨우며 이렇게 말합니다.

"당신이 길들인 것에 대해서는 끝까지 책임을 져야 하는 거예요. 당신의 장미에 당신은 책임이 있어요."

장미에 대한 책임의식이 어린 왕자가 지구를 떠난 하나의 이유일 거로 생각합니다. 여우는 길들여지는 의미를 말하면서 인간들이 살아가고 있는 태도를 비판합니다.

"사람들은 이미 길들여진 것밖에는 몰라. 무엇을 알 시간이 없어진 거지."

우리는 지금 겉으로 보이는 것이 중요하다고 생각하는 삶에 길들여져 있습니다. 그러다 보니 보이지 않는 것에 관심을 두지 못하고 있죠. 보이지 않는 것을 볼 시간 여유조차 없는 것입니다. 눈에 보이는 이익과 성공을 좇아 살기 때문입니다. 그래서 여우는 마음으로 보아야 한다고 강조합니다. 마음으로 보지 않으면 정말 중요한 것을 볼 수 없으니까요.

눈앞에 보이는 것에만 관심을 가지고 산다면 언젠가 후회하게 됩니다. 사람이 이별의 시간이 다가올 때 가장 많이 생각하는 것은 소중한 사람과 사랑을 나누었던 시간이라고 합니다. 이별의 시간이 돼서야 깨닫는 삶의 진실을 겉으로 보이는 것에만 마음을 쏟다 보니 볼 수 없었던 것입니다.

『장자』의 「달생 편」에도 이와 비슷한 내용이 있습니다. 재경이라는 목수가 나무로 호랑이를 깎았는데 그것을 본 사람들은 귀신의 솜씨라고 감탄했습니다. 그러자 노나라 임금이 물었습니다.

"자네는 무슨 수로 그런 재주를 부리나?"

"제가 무슨 재주랄 게 있겠습니까. 저는 뭘 만들려고 하면 우선 몸을 깨끗이 하고 마음을 비웁니다. 그리고 산에 올라가 나무를 살핍니다. 나무의 천성과 바탕과 모양에서 호랑이의 모습이 보이면 그때 저는 비로소 손을 댑니다. 원래 있는 호랑이의 모습대로 깎기만 하면 됩니다. 호랑이의 모습이 나무에서 보이지 않으면 깨끗하게 털고 그냥 산에서 내려옵니다."

재경이라는 목수는 나무의 겉으로 보이는 모습을 보지 않았습니다. 속으로 품고 있는 모습을 보고 그대로 조각을 한 것이었죠. 조각할 모습은 이미 나무 속에 있었고 목수는 그 모습을 마음의 눈으로 본 것입니다. 조각 실력이 뛰어난 것이 아니라 나무의 본 모습을 보는 눈이 뛰어났던 것입니다.

정말 중요한 것을 볼 수 있는 눈이 우리에게 필요합니다. 그러면 겉으로 보이는 모습에 더는 목메어 살지 않을 수 있습니다. "가장 중요한 것은 눈에 보이지 않는다!"라는 여우의 말을 마음에 새기면 좋겠습니다. 그러면 조금 더 희망적인 모습이 우리가 살아가는 현실에 나타날 수 있을 것입니다.

꺼 내 놓 으 세 요

외출했다 돌아오면
주머니에 있는 것들을 모두 꺼내놓듯이
우리 마음에 있는 것들도 꺼내놓아야 해요.

나도 모르는 소중한 물건이나
쓰레기가 주머니에서 나오듯이
나도 모르게 감춰져 있던 소중한 기억이나
쓰라린 상처가 마음에서 나올 수 있으니까요.

마음의 상처는 털어놓아야 치유되고,
고민은 털어놓아야 해결책이 생기고,
아름다운 추억은 털어놓아야
기쁨이 배가된답니다.

마음의 여유, 웃음의 효과

웃을 일이 많지 않은 세상입니다. TV에서 예능과 코미디 프로그램을 볼 때나 웃음이 나옵니다. 나이가 들수록 웃을 일이 많지 않습니다. 아이들이 까르르 웃고 노는 모습을 보면 참 별것 아닌 일에도 웃음을 짓는다는 생각을 하게 됩니다. 어떨 때는 웃음이 의심될 정도로 웃음소리가 끊이지 않습니다.

20대까지는 소소한 일에도 마음껏 웃었던 것 같습니다. 아이를 낳고 나서는 아이들 때문에 웃을 일이 많아졌지요. 아이들이 어느 정도 성장하고 나니 웃을 일이 없는 것인지, 웃음을 잃어버린 것인지 통 웃지 못합니다.

신혼 때 크게 싸울 일이 있었습니다. 너무 화가 나서 벼르고 있었죠. 그런데 서로 얼굴을 보는 순간 둘 다 웃음이 터져버렸습니다. 눈물이 날 만큼 웃었죠. 웃을 일이 아닌데도 남편과 저는 한바탕 웃음을 쏟아냈습니다. 그날 그렇게 웃지 않았다면 크게 싸웠을 테고 그 상처가 오래갔을 것입니다. 시간이 흘러 왜 웃었는지 이유를 생각해 봤지만 아무런 이유도 찾을 수가 없었습니다. 싸우지 않은 사실에 감사하며 지나갔던 참 묘한 경험이었습니다.

웃음이란 심각한 상황을 부드럽게 하는 힘이 있습니다. 어려움 속에서 휴식 같은 맛을 주는 것이 웃음이죠. 그래서인지 대화의 기술을 알려주는 책을 보면 가벼운 유머와 재치 있는 농담으로 시작하라고 조언합니다. 그만큼 웃음은 사람 사이의 벽을 쉽게 허물어주곤합니다. 적절한 유머는 분위기를 바꾸고 원만한 인간관계를 만드는 촉매제가 됩니다. 분위기를 반전시키고 상대를 사로잡는 데 최고의 도구가 되는 것입니다.

인문학이 삶을 탐구하는 데 목적을 둔 학문이라면 그 밑바탕은 유머라고 볼 수 있습니다. 인간을 이해하지 않고서는 적절하게 통하는 웃음코드를 찾아낼 수 없을 테니까요. 인간은 과학기술의 발전으로 풍요롭고 행복한 삶을 영위할 수 있게 되었습니다. 하지만 웃음이 없다면 진정한 행복이 가능할까요? 분명 웃음 없이는, 또 유머 없이는 행복을 이야기할 수 없을 것 같습니다.

세계적인 문학가와 철학자들은 하나같이 유머와 웃음에 대한 명언을 남겼습니다. 윌리엄 셰익스피어는 "그대의 마음을 웃음과 기쁨으로 감싸라. 그러면 1천의 해로움을 막아주고 생명을 연장해줄 것이다"라고 말했습니다. 도스토옙스키는 "사람의 웃는 모양을 보면 그 사람의 본성을 알 수 있다. 누군가를 파악하기 전 그 사람의 웃는 모습이 마음에 든다면 그 사람은 선량한 사람이라고 자신 있게 단언해도 되는 것이다"라고 했습니다. 프리드리히 니체는 "웃음이 없는 진리는 진리가 아니다. 오늘 웃는 자는 역시 최후에도 웃을 것이다"라고 했습니다.

인간 본연의 모습을 이야기로 표현한 문학의 거장들은 이렇듯 행복 이면에 웃음이 있다고 보았습니다. 프랑스 철학자였던 알랭 역시 이렇게 말했습니다.

"아름다운 옷보다 웃는 얼굴이 훨씬 인상적이다. 기분 나쁜 일이 있더라도 웃음으로 넘겨보라. 찡그린 얼굴을 펴는 것만으로 마음도 펴지는 법이다. 웃는 얼굴보다 더 훌륭한 화장은 없다. 웃음은 인생의 약이다."

유머는 들어주는 사람도 중요합니다. 분위기 전환 삼아 슬쩍 던진 농담을 정색하며 따지고 들면 곤란하죠. 너무 진지하게 받아들이는 것도 좋지 않습니다. 반면 상대의 어설픈 농담이라도 잘 받아주는 사람은 인기가 좋습니다.

요즘 예능에서는 리액션이라고 하죠. 그런 사람에게는 재미있는 이야기를 더 많이 해주고 싶습니다. 마음을 열어달라고 바라지도 않았는데 말하는 당사자가 즐거우니 알아서 마음까지 열어줍니다. 그렇게 서로 마음을 열고 대화가 되니 자연스레 소통의 달인이 됩니다. 썰렁한 말이라도 너그럽게 받아주면 말하는 사람은 신이 나서 이야기를 더 쏟아냅니다. 넉넉한 마음이 상대의 이야기보따리를 풀어내도록 만든 거죠.

이렇게 웃음 효과가 탁월한데도 불구하고 하루 중에 웃을 일이 그리 많지 않아 보입니다. 고달픈 개인 삶의 문제에 사회적인 현상도 골치가 아플 정도입니다. 도통 희망을 찾아보기가 힘들 정도로 척박한 세상 속에 있어서 그럴 테지요. 그래도 의도적으로라도 웃어야 합니다. 웃을 일이 없으면 만들어서라도 웃었으면 합니다. 이런 말도 있죠. 행복해서 웃는 게 아니라 웃으면 행복해지기 때문에 웃는다고요.

외국에는 찾아가는 코미디 클럽이 있다고 합니다. '돈을 주면서까지 웃어야 하나'라는 의문이 들지만 웃음이 인생을 풍요롭게 해준다는 걸 알기 때문이겠지요. 찌든 냄새와 곰팡이는 햇빛으로 한 방에 해결됩니다. 지친 날에는 크게 소리 내어 잠시 웃는 게 특효입니다. 살아가는 순간순간 크게 웃으면 정말 좋겠습니다.

유머는 사실 여유가 있어야 나옵니다. 마음이 돌밭이면 농담은커녕 다른 사람의 유머도 그저 귀찮게 느껴질 수밖에요. 삶이 궁지에 몰리면 웃음을 지을 수 없게 됩니다. 분위기를 전환하는 유머와 농담은 유쾌한 상태에서 나옵니다. 그러니 삶이 힘들고 고단할수록 가벼운 농담과 우스갯소리에 관심을 가져보는 것이 필요합니다. 웃음과 미소 속에 희망이 깃들고 사랑이라는 햇살이 비치니까요.

사랑한다는 말과 마음의 상관관계

"사랑한다"라는 말은 누구나 할 수 있어요.

순간의 감정에 사로잡히기만 해도
쉽게 "사랑한다"라고 말할 수 있잖아요.

하지만
사랑의 마음을 주는 것은 말처럼 쉽지 않아요.
사랑의 마음은
그 사람의 부족한 부분과 아픔까지도
사랑해줄 수 있는 넉넉한 마음이 있어야 하니까요.

가벼운 농담, 우스갯소리,
한바탕 웃는 웃음은
마음을 넉넉하게 해주는 아주 탁월한 도구랍니다.

쉼표, 활력을 되찾는 충전의 시간

삶의 현장은 소리 없는 전쟁터입니다. 잠시 한눈팔면 추월당하고 뒤처지기 일쑤죠. 정당하게 주어진 출산휴가도 마음대로 쓰지 못하는 게 현실입니다. 다시 돌아왔을 때 설 자리가 없어질까 봐 세상 그 무엇과도 바꿀 수 없는 자식 양육에 몰두할 수 없는 겁니다. 이런 우리 삶에 경종을 울리는 글이 있습니다. 바로 헨리 데이비스 소로의 책입니다.

헨리 데이비드 소로는 도시의 생활을 뒤로하고 한적한 호숫가로 들어가 삽니다. 그곳에서 쉬면서 자기 인생을 성찰하는 시간을 갖습니다. 그러면서 『고독의 즐거움』이라는 책을 통해 현대인들에게 일침을 가합니다.

"왜 우리는 그리도 성공에 목말라 하는가, 왜 죽을힘을 다해 사업에 성공하려 하는가, 천천히 리듬을 타더라도, 저 멀리에서 아련히

들린다 해도 자신의 귀에 즐거운 음악에 맞춰 걸으면 된다. 사과나무나 호두나무처럼 서둘러 어른이 되는 것이 중요하지 않다. 아직 봄인데 서둘러 여름으로 가려 하지 말자."

이런 소로의 말에 공감은 하지만 현실은 다르지 않느냐고 말할 사람도 있을 것 같습니다. 하루하루가 전쟁터 같은데 어떻게 쉬엄쉬엄 산책하듯이 살아갈 수 있느냐고 말입니다.

그래도 우리에게는 쉼이 필요합니다. 쉼표가 없는 삶은 효율성, 즐거움, 행복, 인생의 의미 등을 잃어버리게 하기 때문입니다. 쉼표가 없는 음악을 생각해보세요. 여백이 없는 그림도 상상해보세요. 하프타임이 없는 운동경기는 또 어떤가요? 쉼은 선택이 아니라 필수입니다.

원하는 방향대로 가지 못할 때는 잠시 쉬어가라는 신의 뜻일 수도 있습니다. 안 되는 것 때문에 아등바등하기보다 잠시 물러서서 인생을 바라보는 것도 좋을 것 같습니다. 숲속에 갇혀 빠져나갈 길을 찾지 못하면 골짜기에서 헤맬 것이 아니라 숲 전체를 볼 수 있는 등성이를 찾을 필요가 있습니다. 다시 입구로 내려가 숲의 지도를 보는 것도 하나의 방법입니다. 길을 찾겠다고 숲에서 헤매다 보면 지쳐 쓰러질 수 있습니다. 다시 시작할 수 있는 힘이 조금이라도 남아 있다면 잠시 쉬어가도 나쁘지 않습니다. 가장 늦었을 때는 늦었다고 포기해버리는 그 순간입니다.

그렇다면 어떤 방법으로 쉼을 얻을 수 있을까요? 좋은 음악을 듣는 것도 하나의 방법일 수 있습니다. 음악은 심신을 안정시키고 치유의 효과가 있으므로 마음을 부드럽게 어루만져줍니다. 셰익스피어는 『베니스의 상인』을 통해 음악을 듣지 못하는 사람을 경계하라고 말했습니다.

"어쩌다 나팔소리가 귀에 들리든가 무슨 음악소리가 귓전을 스치기만 해도 모두 일제히 멈춰 서서 그 사나운 눈초리가 온순한 눈빛으로 변하지 않던가요. 그게 바로 아름다운 음악의 힘이오. …… 마음속에 음악이 없는 사람, 아름다운 조화에 감동하지 못하는 사람, 그런 사람이란 배신이나 음모, 강도질밖엔 하지 못하는 인간들이라오. …… 그런 자를 믿어선 안 되오. 자, 음악을 들어봐요."

속도가 빠르면 들꽃의 아름다움을 볼 수 없습니다. 스마트폰으로 화질 좋은 꽃과 자연을 감상할 수는 있지만 자연에서 묻어나온 진정한 아름다움은 느낄 수 없습니다. 향기도 맡을 수 없습니다. 쉬지 않고 가다 보면 정말 소중한 것들을 놓칠 수 있습니다.

파울로 코엘료는 잠시 쉬면서 인생의 흐름을 살피는 것에 대해 조언했습니다.

"우리는 정상에 오른다는 목표를 항상 유념해야 한다. 하지만 산을 오르는 동안 펼쳐지는 수많은 볼거리 앞에서 이따금 멈춰 선다고 큰일이 날 것까진 없다. 한 걸음 한 걸음 올라갈수록 시야는 넓어진다.

이를 통해 지금까지 인식하지 못했던 사물을 발견해보면 어떨까."

너무 빨리 달리다 보면 페이스를 잃어버려 중도에 지쳐 쓰러질 수 있습니다. 바쁘게 지내다 보면 사랑하는 이들의 따뜻한 숨결과 호흡을 느낄 수 없겠죠. 사랑하는 사람과 조용히 길을 걸으며 이야기에 귀를 기울여보세요. 지금까지 느낄 수 없었던 소중한 순간들을 만날 수 있을 것입니다.

돈과 시간의 여유가 될 때 쉬려고 하면 늦습니다. 빠르게 달려갈 때는 결코 보고 들을 수 없던 것들이 걸음을 멈추었을 때 보고 들을 수 있다는 것을 알았으면 좋겠습니다.

아르투어 쇼펜하우어의 말을 되새기며 쉼을 통해 새로운 것들을 충전하는 기회를 얻어보시길 바랍니다.

"같은 물건을 오래 바라보고 있으면 시선이 둔해져 결국 아무것도 보이지 않는다. 그와 마찬가지로 같은 일을 계속 생각하면 오히려 이해하기 어렵게 되는 경우가 있으므로 틈틈이 쉴 필요가 있다."

삶은 문제투성이

삶은 문제투성이에요.
이 세상 누구도
문제가 없는 사람은 없어요.
아무런 문제가 없는 것처럼
태연한 척 살 뿐이에요.

삶의 문제가 보이면 외면하지 말고
풀며 나아가요, 우리.

답이 없는 문제가 없듯이
답이 없는 삶도 없으니까요.

흔들릴 때 시 한 편을 만나다

삶이 흔들릴 때가 있습니다. 출구가 보이지 않죠. 그래서 기분전환을 꾀합니다. 맛있는 음식을 먹거나 쇼핑을 하며 즐거운 시간을 보냅니다. 영화를 보고 술을 마시기도 합니다. 일상과 다른 자극으로 마음을 환기해보려는 시도입니다.

처음에는 이런 자극이 효과가 있습니다. 하지만 시간이 흐를수록 효과가 떨어져요. 자극의 강도가 더 커져야 뇌가 반응하기 때문입니다. 그렇다고 자극의 강도를 날마다 높일 수는 없잖아요. 그렇게 하는 날에는 하루아침에 삶이 무너집니다. 자신을 자극하는 행동으로는 기분전환도 스트레스 해소도 어렵습니다. 흔들리는 삶의 중심을 잡으려다 오히려 낭패를 당할 수 있습니다.

자극보다 효과적인 것은 감성지수를 높이는 겁니다. 감성은 마음을 어루만져주는 거니까요. 아름다운 선율의 클래식 음악을 듣는다든지, 조용히 산책하며 삶을 관조하거나 자연의 아름다움과 순리를 이해하는 과정에서 감성이 돋아납니다. 무엇보다 효과적인 것은 삶의 의미를 함축해놓은 시 한 편을 만나는 것입니다. 시는 인생을 노래하는 치유의 음악과 같기 때문입니다.

학창시절 예쁜 엽서에 한 자 한 자 정성스럽게 적은 시구들이 생각납니다. 얼어붙은 감수성을 일깨운 수많은 시로 힘겨웠던 시기를 견뎌내기도 했죠. 친구에게 전하고 싶은 마음을 시로 적어 보냈고, 시를 함께 읽으면서 우정을 나누고 미래를 기약하기도 했습니다. 인생의 의미를 찾고 싶어 방황할 때 만났던 시는 삶을 정상적인 궤도로 돌아오게 해주었습니다.

라이너 마리아 릴케의 『인생』이라는 짧은 시를 읽어보면 이해가 될 것입니다.

인생을 꼭 이해해야 할 필요는 없다.

인생은 축제와 같은 것.

하루하루를 일어나는 그대로 살아나가라.

바람이 불 때 흩어지는 꽃잎을 줍는 아이들은

그 꽃잎들을 모아 둘 생각은 하지 않는다.

꽃잎을 줍는 순간을 즐기고

그 순간에 만족하면 그뿐.

인생을 어떤 자세로 살아가야 할지 힌트를 제시해주는 시입니다. 그래서인지 수많은 사상가나 철학자들은 시를 읽어야 한다고 강조합니다. 특히 공자는 시를 사랑하고 좋아했습니다. 3,000여 개가 넘는 시들 중 가치가 있다고 생각한 시를 엮어 『시경』을 편찬할 정도로 시를 사랑했죠. 제자들에게 시를 배우지 않으면 대화를 나눌 수 없으니 시를 공부하라고 강조하며 『논어』 「양화 편」에 이렇게 말했습니다.

"얘들아, 왜 시를 공부하지 않느냐? 시를 배우면 감흥을 불러일으킬 수 있고, 사물을 잘 볼 수 있으며, 사람들과 잘 어울릴 수 있고, 사리에 어긋나지 않게 원망할 수 있다. 가까이는 어버이를 섬기고, 멀리는 임금을 섬기며, 새와 짐승과 풀과 나무의 이름에 대해서도 많이 알게 된다."

시에는 우리가 살아가면서 배우고 알아야 할 모든 것들이 담겨 있습니다. 함축과 상징으로 그 의미를 숨기지만 조금만 헤아리다 보면 그 의미를 파악할 수 있습니다. 시에는 우리의 인생, 사랑, 관계, 의미, 철학들이 담겨 있습니다.

아리스토텔레스도 시의 위대함을 이렇게 이야기했습니다.

"역사가와 시인의 차이는 운문을 사용하느냐 산문을 사용하느냐가 아니다. 헤로도토스의 작품을 운문으로 고칠 수 있고, 운문으로 쓴 것도 산문으로 쓴 것만큼이나 역사가 될 수 있을 것이다. 그러나

둘은 다르다. 역사는 실제 사건들을 다루고, 시는 일어날 수 있는 일을 다룬다. 그러므로 시가 역사보다 철학적이고 고상한데, 시는 더 보편적인 것을 말하지만 역사는 특정한 것을 말하기 때문이다."

시는 우리 인생에서 일어날 수 있는 일을 이야기하기에 중요하다고 말합니다. 시를 읽으면 목표를 향해 갈 때 보이지 않았던 것들이 보인다는 것입니다. 삶의 통찰을 의미합니다. 이 시를 읽고 공감한 사람들은 무턱대고 성공만을 좇지는 않을 것입니다. 이것이 시의 힘입니다.

마음을 울리는 한 편의 시는 흔들릴 때 삶의 중심을 잡아줍니다. 시가 내게로 와서 내 삶을 건드려주기 때문이죠. 또 문제를 어떻게 해결하며 나아가야 할지 답을 마련해주기도 합니다.

도종환의 「흔들리며 피는 꽃」이라는 시는 삶의 목표를 향해 나아갈 힘을 주었습니다. "흔들리지 않고 피는 꽃이 어디 있으랴 이 세상 그 어떤 아름다운 꽃들도 다 흔들리면서 피었나니"로 시작되는 시를 저는 이렇게 해석하고 감정을 이입했습니다.

　　한 번도 흔들리지 않았다는 것은
　　힘껏 노력하지 않았다는 것이며
　　용기를 내 시도하지 않았다는 것이며
　　자기반성이 없었다는 것이며

인생에 대한 진지한 성찰이 없었다는 것이며

인생의 꽃을 피우려는 몸부림을 치지 않았다는 것이다.

흔들린다는 것의 의미를 제 나름대로 의미를 부여한 것입니다. 이
처럼 시는 내게로 와서 하나의 의미가 되고 삶을 지탱해주는 메시지
가 돼줍니다. 개리슨 케일러는 시의 의미를 이렇게 말합니다.

"시의 취지는 용기를 주는 것이다. 시는 착실한 독자가 의무적으로
풀어야 하는 수수께끼가 아니다. 시의 역할은 독자를 자극하는 것이
다. 독자가 기운을 내고 집중하도록, 깨어나도록, 생기를 갖도록, 통
제력을 갖도록 만드는 것이다."

삶을 지탱해줄 한 편의 시를 마음으로 만나면 더는 미래가 두렵지
않습니다. 오늘의 아픔을 견디고 극복할 에너지도 생겨나게 해줍니
다. 살아갈 의미와 본질을 이해할 기회를 제공해주죠. 그런 시 한 편
쯤 가슴 속에 품고 사는 일도 꽤 괜찮은 인생이 아닐까요?

토닥토닥

고개 들어 하늘을 올려다보기 전에는
하늘의 별을 볼 수 없어요.

삶에 지쳐 괴로워하는 내 마음도
고개 돌려 바라보기 전에는 발견할 수 없어요.

바깥세상에 관한 관심만큼
내 마음에도 따듯한 시선이 필요합니다.

오늘 내 마음이 진정으로 바라는 것은
'토닥토닥!'이랍니다.

그릇된 욕망에 브레이크를 밟아라

    살다 보면 스스로의 힘으로 해결하기 힘든 상황을 맞이할 때가 생깁니다. 아무리 발버둥쳐도 수렁으로 점점 빠져든다고 느끼면 힘이 나지 않아요. 이런 고통의 순간이 되면 누군가 내미는 손길을 기다리기 마련입니다. 그러나 그 손길이 삶의 문제를 해결해주지 못하면 오히려 실망감은 배가됩니다. 다른 사람이 주는 위로와 해결책은 잠시의 고통을 이겨낼 임시처방에 불과합니다. 고통을 이겨낼 근본적인 해결책은 내면에서 찾아야 하죠.

    프랑스의 문학가 로맹 롤랑은 이렇게 말합니다. "언제까지고 계속되는 불행은 없다. 가만히 견디고 참든지 용기를 내서 쫓아버리든지 이 둘 중 한 가지 방법을 택해야 한다." 스스로 돌파구를 마련해 일어서라는 의미입니다. 그런데도 수렁으로 빠져들어갈 때 스스로 문제를 해결한다는 것은 쉽지 않습니다. 자신의 힘으로 도저히 문제를 해결하지 못할 때 유혹에 빠져들기 쉽습니다. 자극적인 방법으로 현실을 잊거나 피하려는 것입니다.

유혹은 지뢰와 비슷합니다. 지뢰는 겉으로 보이지 않도록 꼭꼭 숨겨 반드시 길목에 설치합니다. 피할 수 없는 길에 매설해놓고 먹잇감을 노립니다. 삶을 무너뜨리는 유혹도 비슷합니다. 자신이 고민하고 힘겨워하는 것들에게서 벗어날 수 있겠다 생각하고 반응하도록 교묘하게 다가옵니다. 신기하게도 단 한 번의 반응으로 끝장을 내는 것이 아니라 천천히 아주 교묘하게 생활 깊숙이 습관으로 다가오기도 합니다.

유혹의 미끼는 대부분 쾌락적인 요소들입니다. 건강한 의미로 기쁨을 주는 것이면 괜찮은데 문제는 삶을 갉아먹는 쾌락입니다. 도덕적으로, 상식적으로 해서는 안 되는 것들로 욕망을 충족하려는 겁니다. 이런 현실을 미리 내다보기나 한 것처럼 아리스토텔레스는 이렇게 일침을 가합니다.

"사람들이 나쁘게 되는 것은 쾌락을 추구하고 고통을 회피하기 때문이다. 추구하거나 회피해서는 안 되는 쾌락과 고통을 추구하거나 회피하면서 잘못을 저지른다."

아리스토텔레스는 사람이 불행해지는 원인을 쾌락을 추구하는 삶에서 찾았습니다. 세계적인 정신과 의사이자 저술가인 M. 스콧 팩도 『아직도 가야 할 길』에서 쾌락을 다스리는 것이 얼마나 중요한가에 대해 이렇게 조언합니다.

"즐거움을 유보하는 것은 삶의 고통과 기쁨을 적절히 배열하는 과정이다. 곧 삶의 고통을 먼저 접하고 극복함으로써 나중에 기쁨이 배가되도록 하는 것이다. 이것이야말로 삶을 제대로 살아가는 유일한 방법이다. …… 세상에 공짜는 없는 법이어서 이렇게 놀다가 결국은 심리상담가나 정신과 의사의 치료를 받게 된다."

아리스토텔레스와 스콧 펙은 쾌락을 다스리는 것이 중요하다고 말합니다. 지금의 욕구를 충족하려다 자신이 추구하는 인생의 길에서 멀어질 수 있다는 의미입니다. 그래서 삶의 유혹을 구분할 수 있는 분별력이 필요합니다. 어떤 것이 유혹인지 아닌지 구별하며 나아가야 하죠. 그렇지 않으면 곳곳에 숨어 있는 유혹에서 헤어나올 수 없습니다.

대체로 유혹은 귀와 눈에서 시작됩니다. 누군가 제안하는 이야기에 솔깃해서 그릇된 판단을 하는 사람을 일컬어 "귀가 얇다"라고 하죠. 일단 듣고 나면 사람은 흔들리게 돼 있습니다. 제어하려고 해도 마음대로 되지 않는 게 유혹입니다. 순간의 쾌락을 주고 손쉽게 이익을 취하게 만들어주니까요. 그러니 될 수 있는 대로 유혹의 이야기는 듣지 않는 게 중요합니다. 유혹에 빠질 만한 제안이나 이야기를 들었을 때는 판단을 미뤄야 합니다. 또는 다른 사람에게 의견을 묻고 판단해도 좋습니다. 여러 사람과 이야기하다 보면 유혹의 덫이 잘 드러나기 때문입니다.

보지 말아야 할 것들을 가려내는 것도 중요할 것입니다. 유혹의 또 다른 시작인 눈을 보호하는 것입니다. 시각적인 유혹은 스팸메일이나 보지 말아야 할 동영상을 클릭하는 것에서 시작될 수 있습니다. 한번 시각에 자극이 되면 뇌는 뚜렷하게 인식하고 있습니다. 자꾸만 그 영상을 뇌에서 재생하려 들죠. 시간이 흐르면 희미해지고 그러면 다시 보고 싶다는 유혹에 이끌려 클릭하지 말아야 할 영상에 손을 대고 맙니다. 많은 사람이 이런 유혹에 넘어가 삶이 무너진 것을 목격합니다.

데카르트는 말합니다. "주어진 운명을 따르기보다 자신의 한계를 극복하기 위해 노력하며, 세상을 바꾸려는 노력 이전에 자신의 그릇된 욕망을 다스리는 데 주력하라." 그릇된 욕망을 다스리지 못하면 누군가 매설해놓은 지뢰를 덜컥 밟아버리고 맙니다. 우리 주변에는 지금도 호시탐탐 우리를 노리는 유혹의 지뢰들이 숨겨져 있습니다. 마음의 중심을 잡지 않으면 순간의 유혹에 넘어가 영원히 일어날 수 없는 지경에 이를 수도 있습니다. 그릇된 욕망을 다스리는 마음의 힘이 있어야 오늘을 소박하게 누리고 사랑하는 사람들과 웃으며 내일을 기대할 수 있을 것입니다.

마음의 먹이

건강한 몸은 섭취하는 음식에 따라 달라지듯이
건강한 마음도 섭취하는 먹이에 따라 달라져요.

오늘 마음에 어떤 먹이를 주었나요?

미움, 시기, 질투, 비판, 절망, 좌절, 낙심인가요?
사랑, 긍정, 감사, 행복, 나눔, 절제, 인내인가요?

마음은 내가 주는 먹이에 따라
그대로 삶의 열매를 맺는답니다.

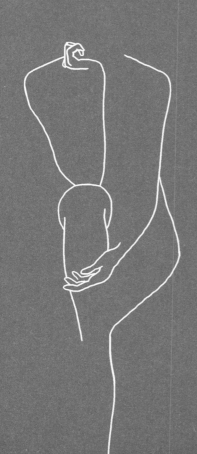

6장

오늘,
내 삶의 의미는 무엇인가?

내 삶의 의미는 무엇인가?

인생길을 가다가 어느 순간 길을 잃고 헤맬 때가 있습니다. 자신의 삶이 이해되지 않고 무엇 때문에 살아야 하는지 이유가 보이지 않을 때를 만나게 되죠. 꿈을 향해 나아가지만 계속되는 고난에 지쳐서 더는 이겨낼 힘이 없을 때면 두려움과 답답함으로 삶의 의미를 잃어버리고 맙니다.

무엇 때문에 살아야 하는지 알 수 없을 때 밀려오는 두려움과 답답함은 상상하기조차 힘듭니다. 자기 존재의 의미가 희미한 안개와 같다면 그 길을 걸어가는 내내 불안에 휩싸입니다. 그럴 때 우리는 깊이 있게 인생을 관조하는 시간을 가져야 합니다.

"사람은 뒤를 돌아보아야만 자기 삶을 이해할 수 있다"라고 키르케고르가 말했습니다. 지나온 시간에서 나아갈 길의 단서가 보인다는 의미일 것입니다. 무엇을 좋아했고, 무엇을 할 때 극도의 몰입이

됐고 기쁨이 쏟아졌는지 떠올려보아야 합니다. 그렇게 인생을 되돌아보고 살필 때 자신을 알 기회를 포착할 수 있습니다. 삶의 흔적을 뒤적이다 보면 어떻게 살아가야 할지 알게 됩니다.

지나온 삶을 살피면서 생각해야 할 것은 자신이 추구해야 할 삶의 목적입니다. 자신의 삶을 바치며 이루어야 할, 이뤄내야 할, 이루고 싶은 그 무엇이 있어야 합니다. 그것을 '삶의 의미를 찾는 것'이라고 말할 수 있습니다. 즉 '내 삶의 의미는 무엇인가?'에 대하여 답을 찾아야 하는 겁니다. 답을 찾지 못하면 고난 속에서 방황하고, 원하는 목적지에 도달했어도 삶이 흔들릴 수 있습니다.

꿈을 이루었다고 자부하는 사람들도 한순간에 잘못된 선택을 할 수 있습니다. 꿈을 이룬 사람들의 안타까운 소식이 뉴스에 나와 모두를 어리둥절하게 만들죠. 왜 해서는 안 될 선택을 했는지 이해하기 힘듭니다. 하지만 찬찬히 삶을 들여다보면 삶의 의미를 잃고 방황했던 흔적을 엿볼 수 있습니다. 즉 오늘 왜 살아야 하는지 이유를 발견하지 못했기 때문입니다.

삶의 목적이 무엇인지 우리는 진지하게 살필 수 있어야 합니다. 풀한 포기도 그 자리에 자라난 이유가 있습니다. 그 사실을 깨닫고 나면 어떤 시련과 고난 속에서도 내가 살아야 할 이유를 발견할 수 있습니다. 한 치 앞을 기대하기 힘든 악조건에서 살아남은 빅터 프랭클은 『죽음의 수용소』에서 이렇게 말합니다.

"어느 때건 인생에는 의미가 있다. 어떤 사람, 어떤 인생에도 이 세상에 생명이 있는 한 충족시켜야 할 의미, 실현해야 할 사명이 반드시 주어져 있다. 네가 모르고 있을 뿐, 네 발밑에 이미 있다. 이 세상 어딘가에 네가 필요한 무언가가 있다. 누구를 위해 너에게는 주어진 그 무엇이 있다. 누구는 너에게 발견되어 그 무엇이 실현되기를 기다리고 있다. 고로 이 인생에서 일어나는 모든 것, 비록 괴로운 일이라 하더라도 의미 있는 일이다. 필요하기에 일어났다는 사실을 조용히 받아들여야 한다. 이런 기본적인 인생철학을 잘못 알고 있으면 아무리 열심히 살아도 참된 행복을 얻을 수 없다."

빅터 프랭클은 유대인 강제수용소에서 살아날 수 있었던 이유를 실현해야 할 사명, 목적이 분명했기 때문이라고 이야기합니다. 그 사명은 의미치료를 위한 책을 출간하는 것이었습니다.

깊이 생각하고 고민하는 태도가 어쩌면 가장 진실하게 사는 방법일지 모릅니다. 빅터 프랭클의 말처럼 우리가 살아갈 의미는 숙고하는 과정에서 찾을 수 있고 앞으로 나아갈 길의 열쇠를 발견할 수도 있으니까요. 그의 말처럼 존재 의미에 관심을 두는 것은 사람의 특권입니다. 그 특권을 꼭 사용하길 기대합니다. 오늘의 삶에서 깊이 생각하며 '내 삶의 의미는 무엇인가?'에 대한 답을 찾는다면 더욱 희망적인 내일을 살아갈 수 있을 것입니다.

쓸모없는 삶이란 없다

이 세상의 모든 것들은 저마다 존재 이유가 있어요.
아무런 의미 없이 태어난 것은 없죠.
흔하게 밟히는 들풀들도
저마다 이름이 있으며 존재 이유가 있잖아요.

세상 모든 것들이 저마다 목적을 가지고 존재하는데
하물며 만물의 영장인 사람이야 오죽하겠어요.

쓸모없이 태어났다고
스스로 올가미를 씌우지 마세요.
이 세상 모든 사람에게
그렇고 그런 인생이란 없으니까요.

어떤 인생이든 소중해요.
저마다 걸어갈 길도 존재해요.
아직 그 길을 찾지 못했거나
찾아야 하는 중요성을 느끼지 못할 뿐이에요.

그러니 자기 삶에 자부심을 품고
묵묵히 걸어가면 되는 거예요.
그러다 보면 멋진 폭포도 만나고 아름다운 들꽃도 보고
풍성한 열매도 따 먹을 수 있으니까요.

내 삶의 모든 것은 나의 것

자신이 원하는 삶을 산다는 것은 말처럼 쉽지 않습니다. 우리는 사회적 동물이며, 가정이라는 테두리 속에서 살아가야 하니까요. 가족을 위해 자신을 희생해야 할 때가 있고, 사회의 일원으로 꼭 해야 할 일을 하다가 자신이 원하는 것을 하지 못할 수도 있습니다.

기회가 주어져도 자신이 원하는 길로 쉽게 나서지 못하는 사람도 있습니다. 모험을 하기보다 안정적인 쪽을 선택하는 것입니다. 대개 안정적인 방향은 누군가가 제시해주는 경우가 많습니다. 가족이나 지인들이 좋아 보이는 것을 권유하면 그것을 따르는 거죠.

물론 안정적인 삶은 중요합니다. 인간의 기본 욕구를 안정적인 삶을 통해 추구하는 것은 당연한 선택입니다. 하지만 인생의 참 의미와 삶의 목적을 점검해야 할 때가 오면 자신이 원하는 삶을 살지 못한 것을 후회합니다. 그러면서 상황과 사람을 탓하게 됩니다. 자기 삶의 결과를 자신이 책임지는 것이 아니라 남의 탓으로 돌리는 겁니다. 남의 탓을 해서라도 위안으로 삼아보려는 것이지요.

자기 인생의 결과를 놓고 남 탓하는 사람에게는 희망이 있을 수 없습니다. 스스로 자기 갈 길을 찾으려는 노력도 하지 않고 변명을 하면서 어떻게 자신이 걸어가야 할 길을 열어갈 수 있겠습니까. 보다 발전적이고 희망적인 삶은 어떤 선택이든 그 책임은 자신의 몫이라고 생각하는 사람에게서 찾아볼 수 있습니다.

소크라테스는 안타까운 결말을 맞이합니다. 그런데도 자기에게 주어진 선택을 겸허히 받아들입니다. 신을 믿지 않고 청년들을 타락시킨다는 이유로 고발된 그는 법정에 서서 아테네 시민들을 향해 이렇게 말했습니다.

"나의 친구여, 죽음의 회피가 어려운 것이 아니라 불의를 피하는 것이 어렵습니다. 부정은 죽음보다도 빨리 달리기 때문입니다. 나는 늙고 행동이 둔하여서 느리게 뛰는 자에게 붙잡혔지만 예리하고 기민한 나의 고발자들은 빨리 달리는 자, 곧 불의에 붙잡혔습니다. 그리고 나는 지금 여러분으로부터 유죄 판결을 받고 사형을 받기 위해 떠나지만, 그들도 진리에 의해 유죄 판결을 받고 흉악과 부정에 대한 처벌을 받기 위해 떠나갑니다. 그리고 나는 나에게 내린 판결을 감수해야 합니다. 그들은 그들에게 내린 판결을 감수해야 합니다. 나는 이것은 숙명적인 일이라고 생각합니다. 나는 이것으로 만족스럽다고 생각합니다."

『소크라테스의 변명』에 나오는 이야기입니다. 자신을 고발한 사람들은 고발한 대로의 삶의 몫을 감당해야 하고 자신은 법을 어긴 몫을 감당해야 한다고 말하고 있습니다.

"이제 떠나야 할 시간이 되었습니다. 각기 자기의 길을 갑시다. 나는 죽기 위해서, 여러분은 살기 위해서. 어느 쪽이 더 좋은가 하는 것은 오직 신만이 알 뿐입니다."

소크라테스는 진리와 양심을 선택했습니다. 양심을 저버리지 않기 위해 불의한 법의 선고를 받아들인 것이지요. 하지만 아테네 시민들은 양심보다는 부와 명예에 더 관심이 많았습니다. 그 모습을 일깨워주기 위해 소크라테스는 죽음을 선택한 것인지도 모릅니다.

"그대는 최대한의 돈과 명예와 명성을 쌓아올리면서 지혜와 진리와 영혼의 최대 향상은 거의 돌보지 않고 이러한 일은 전혀 고려하지도 주의하지도 않는 것을 부끄러워하지 않는가?"

소크라테스는 말과 행동이 일치한 삶을 살았습니다. 자신이 선택한 몫을 받아들인 거죠. 죽음 앞에 초연한 모습은 그의 사상적 깊이와 신념의 높이를 고스란히 보여줍니다. 이것이 자기 선택에 책임지는 자의 결과입니다.

어떤 선택이든 책임지는 자세를 가지려면 용기가 필요합니다. 또한 자기 인생의 길을 스스로 열어가려는 의지도 갖추고 있어야 합니다. 스스로 인생의 길을 선택한 사람은 그 결과가 어떻든 누구의 탓으로 돌리지 않습니다. 모든 삶의 결과를 겸허하게 수용합니다. 스스로 선택하고 결정하고 살아가는 인생이기에 그렇습니다.

당신은 지금 어떤 인생을 살아가고 있습니까? 누군가의 선택 때문에 끌려가고 있습니까? 스스로 인생의 길을 개척하며 나아가고 있습니까? 부와 명예를 향해 가고 있습니까? 아니면 진리와 양심에 따라 살아갑니까? 어떤 선택이든 그 책임은 나의 몫이라는 사실을 기억하며 후회하지 않는 삶, 나와 후손들에게 조금이라도 더 희망적인 삶의 흔적을 남기는 인생을 살아갔으면 합니다.

꽃이 진다는 것

봄이 오면 세상을 다 흡수할 듯이 아름답게 꽃이 핍니다.
영원히 지지 않을 자태로 세상을 움켜쥐지요.

그러나 찬란했던 꽃은 얼마 지나지 않아 떨어지고 말아요.
그리고 사라지지요.
물로 거름으로 순환의 고리 속으로 들어가는 겁니다.

이런 이치를 안다면 내 인생에 찬란한 꽃을 피웠다고
그것이 영원할 것처럼 뽐내면 안 될 것 같아요.
언젠가는 떨어지고 썩어져
순환의 고리 속으로 들어가야 할 때가 다가오니까요.

그런데 꽃이 피는 진짜 목적은 열매를 맺는 겁니다.
열매를 맺으려면 반드시 꽃은 져야 합니다.

내 인생의 꽃이 떨어졌다고
서운해하고 낙심하지 마세요.
그때가 바로 인생의 열매를 맺을 때이니까요.

인생의 보람과 의미는
꽃보다 열매에 집중하는 삶에서 솟아납니다.

이렇게 기도하게 하소서

　살다 보면 자신의 힘으로 해결할 수 없는 일을 만납니다. 이리저리 궁리해봐도, 이 사람 저 사람에게 도움을 구해도 해결책이 생기지 않을 때를 종종 만나게 되죠. 그럴 때면 저절로 기도가 나옵니다. 평소에 기도 한 번 하지 않던 사람도 급박한 상황이 닥치면 자신도 모르게 기도가 나옵니다. 종교를 가진 사람이건 그렇지 않은 사람이건 모두 비슷합니다. 자기 힘으로 해낼 수 없는 일을 신의 도움으로 해결하려는 것이지요. 지푸라기라도 잡고 싶은 심정입니다. 그 간절함의 깊이가 하늘을 찌릅니다.

　평소에는 스스로 뭐든지 해낼 수 있을 것이라 자신만만하지만, 자기 능력 밖의 일을 만나면 연약함을 느끼는 것이 인간입니다. 그럴 때 절대자의 도움을 요청하는 겁니다. 강한 것 같지만 너무나 연약하다는 것을 깨닫게 되는 것입니다.

신앙이 없으면 기도를 해야 할 필요성을 느끼지 않습니다. 위급하지 않아도 기도하지 않게 됩니다. 그런데 만약 급한 일이 없음에도 기도를 해야 한다면 당신은 어떤 기도를 하겠습니까?

〈기도The Prayer〉라는 노래가 있습니다. 많은 가수가 이 노래를 불렀지만 저에게는 열두 살에 공을 차다 시력을 잃은 안드레아 보첼리가 부른 노래가 제일 감동적으로 들립니다. 앞을 볼 수 없는 가수가 조용히 부르는 노래는 가사를 음미하게 하죠. "당신께서 저희 눈이 되어주시고, 저희가 어디로 가든지 저희를 지켜주시기를 기도합니다"라는 가사로 시작하는 노래는 그가 시각장애인이라 그런지 더욱 가슴을 흔듭니다. 가사 중 일부를 옮겨봅니다.

평화의 세상을 꿈꾸게 하소서
정의와 희망의 세상
가장 가까이 있는 이의 손을 잡게 하소서
평화와 형제애의 상징으로
당신이 주신 사랑의 힘으로
우리의 삶이 평화롭게 하소서

나 자신의 욕심을 채우려는 기도가 아니라 모두가 함께 사랑하는 세상을 꿈꾸는 기도입니다. 코로나19를 겪고 있는 상황에게 더 절실하게 다가오는 가사입니다. 우리는 코로나19를 통해 혼자만의 힘으로는 살아갈 수 없는 세상임을 알게 되었고 평화로운 일상의 소중함도 느꼈습니다. 목소리만큼이나 가사가 감동적이고, 우리가 추구해야 할 기도의 표본이라는 생각이 들기에 가슴이 더 뜨거워집니다.

세상을 향한 정의로움은 차치하고 자신을 위한 기도를 한다면 어떤 기도가 좋을까요? 100억 정도의 돈을 달라는 기도나 앓고 있는 질병을 치료해달라는 기도를 생각할 수 있습니다. 그러나 그보다 더 현명한 기도라면 자기 삶의 의미를 찾는 데 도움이 될 수 있을 것 같습니다. 기도의 내용을 고민하고 있다면 1913년 노벨문학상 수상자인 타고르의 기도문 「이렇게 기도하게 하소서」를 참고하면 좋을 듯합니다.

위험에서 벗어나게 해달라고 기도하지 말고
위험과 용감히 맞설 수 있게 해달라고
기도하게 하소서.

고통을 가라앉게 해달라고 청하지 말고
고통을 이겨내는 마음을 청할 수 있게 하소서.
인생이라는 싸움터에서 아군을 찾지 말고
스스로 힘을 찾아낼 수 있게 하소서.

불안과 두려움 속에서 구원을 갈망하지 말고
자유를 쟁취하는 인내심을 갖게 하소서.

성공 속에서만 당신의 은혜를 느끼는
비겁한 자가 아니라, 실의에 빠졌을 때야말로
당신의 귀하신 손을 잡고 있음을 알아채게 하소서.

문제를 해결해주는 기도가 아니라 문제를 해결할 수 있는 지혜와 능력을 구하는 것이 인상적입니다. 관리할 수 있는 능력이 없는데도 무작정 구하는 것보다는 문제를 해결할 수 있는 능력을 갖추는 것이 더 현명한 판단입니다. 참 지혜로운 기도문이라는 생각이 듭니다. 나아가 나의 문제뿐만 아니라 한 공간에서 살아가고 있는 이들을 위한 기도도 빠뜨리지 않았으면 합니다. 우리의 삶은 혼자서는 살아갈 수 없기 때문입니다. 서로 손잡고 함께 살아가야 할 세상이기에 모두가 희망을 품고 살아갈 수 있는 기도가 필요합니다. 그런 세상에 희망이 있고 모두가 저마다의 삶의 의미를 찾아 행복의 나래를 펼 수 있을 테니까요.

사 랑 하 면

사랑하면
어떤 언어와 몸짓으로 말해도 들을 수 있어요.

사랑하면
그 사람이 어디에 있더라도 내 눈에 보여요.

사랑하면
숨겨둔 마음의 진심도 볼 수 있어요.

사랑은 관심과 집중을 부르니까요.

먼 훗날 자신에게 해줘야 할 말

세월이 흐를수록 우리의 생각은 깊어지고 시야도 넓어집니다. 젊은 시절에는 미처 생각하지 못했던 것이 깨달아지고, 보이지 않았던 것도 저절로 보입니다. 애쓰지 않아도 자연스레 보이고 깨닫게 됩니다. 젊었을 때는 화가 나고 견디기 힘들고 괴로웠던 일이 나이가 들어 되돌아보면 별일 아닌 것처럼 여겨지죠. 그때는 '왜 그런 일 때문에 힘들어했을까'라는 생각을 하게 될 때가 많습니다.

젊었을 때의 경험과 생각이 가치가 없다는 이야기는 아닙니다. 아직 경험이 부족하기에 그 정도의 생각과 시야를 가질 수밖에 없습니다. 그래서 별일 아닌 것에 아파하고 힘들어하며 고뇌하지요. 실패하고 좌절하는 것이 일상이기도 합니다. 그런 삶의 경험이 쌓이다 보면 어느 순간 보지 못했던 것이 눈에 들어옵니다. 왜 아파하고 화를 내고 견디기 힘들었는지 말입니다.

삶을 통달했다는 의미가 아닙니다. 눈에 보이지 않던 것들이 하나둘 보이고, 그 나이에는 그럴 수밖에 없는 어떤 것들이 있음을 알게 되는 것입니다. 삶의 고뇌와 아픔을 볼 수 있을 만큼 익었다는 뜻입니다. 나이만 먹었다고 누구나 삶의 이치를 깨닫는 것은 아니겠지요. 더욱 좋은 삶을 살아보겠다는 의지가 있는 사람들에게 찾아오는 선물일 것입니다. 인생의 의미와 성찰 없이 살아가는 사람은 수명이 다하는 날까지 그 깊이를 느끼지 못할 것입니다.

공자는 10여 년 동안 여러 나라를 찾아다니며 자신을 등용해달라고 유세를 합니다. 하지만 어느 곳에서도 흔쾌한 답을 듣지 못합니다. 그렇게 험난한 세상을 떠돌다 전쟁 상황에 부닥칩니다. 어디로 가야 할지 모르는 진퇴양난에 빠지게 되자 무려 7일을 아무것도 먹지 못하고 굶게 됩니다. 그런 상황에서도 공자는 태평스럽게 노래를 부릅니다. 그 모습을 걱정스레 바라보는 제자 안회에게 공자는 이렇게 말합니다.

"회야, 하늘이 주는 손해를 받지 않기란 오히려 쉬운 법이다. 사람이 주는 이익을 받지 않는 게 어려운 일이지. 세상일이라는 게 시작도 없으니 끝도 없는 법이다."

안회가 공자에게 묻습니다.

"시작도 없고 끝도 없다는 건 무슨 의미입니까?"

공자가 안회에게 대답합니다.

"만물의 변화가 끝이 없지만 어디서 바뀌는지 알지 못한다. 어떻게 그 끝을 알며, 어떻게 그 처음을 알 수 있을 것인가. 다만 바른 자세를 지키며 기다릴 따름이다."

어떤 것이 처음이고 끝인지는 모르지만 그래도 분명한 것은 바른 자세로 똑바로 살아야 한다고 강조합니다. 『장자』「산목 편」에 나오는 이야기인데 우리가 지금 고민하는 문제에 대한 답으로 대신할 수 있을 것 같습니다. 제자의 처지에서는 불투명한 미래로 불안한데 공자는 오히려 태평합니다. 산전수전 다 겪은 공자가 예순이 넘은 나이에 체득한 삶의 지혜입니다. 좌불안석하지 말고 주어진 삶에 최선을 다하면 된다는 것입니다.

인생은 아무 의미 없이 흘러가고 사라지는 것이 아닙니다. 우리가 살아가는 삶의 이야기들은 어떻게든 흔적으로 남습니다. 오늘 하루, 그냥 그렇고 별 볼일 없을지라도 내 삶은 흔적이 되어 누군가에게 영향을 줍니다. 가장 많은 영향을 받는 것은 자기 자신입니다. 그러므로 오늘 하루를 뜻있게 보내야 합니다. 어느 순간 보이지 않았던 내 삶이 보일 때 후회가 남지 않으려면 아름답고 참된 것으로 하루를 채워야 하겠지요.

그런 삶의 퍼즐들이 모이고 모여야 훗날 인생의 걸작을 만들어낼 수 있을 겁니다. 꼭 걸작이 아니라도 내 삶의 패턴과 흔적이 누군가에게는 실로 어마어마한 자양분이 될 테니까요. 이런 삶을 살아내었을 때 먼 훗날 스스로 이렇게 말해줄 수 있을 겁니다.

"그래, 넌 최선을 다했어."

우리 삶이 이런 삶이면 충분할 것 같습니다. 이렇게 살아가는 모두
가 되었으면 합니다.

사람은 의미로 살아간다

가만히 앉아서는
어떤 성취도 이룰 수 없어요.
오늘 어떤 것이든
도전하는 삶을 살아야 원하는 것을 얻을 수 있습니다.

다만, 그 도전이
내 삶에 어떤 의미와
결과를 가져다줄 것인지
생각한 후에 덤벼들어야 해요.

아무런 목적 없이 달려든 도전으로는
인생의 진정한 의미를 발견할 수 없으니까요.

사람은 스스로 부여한 의미로
오늘을 살아가는 존재입니다.

죽음을 생각하며 사는 삶

우리는 언제 죽음이 가까이 있음을 느낄까요? 건강하고 패기가 넘칠 때는 죽음이 멀게 느껴질 것입니다. 일이 착착 진행되고 성취되면 더욱 죽음을 생각하지 않겠지요. 이런 삶이 영원한 것으로 생각하며 살아갈 것입니다.

하지만 잔병치레가 잦아지고 고난의 깊이를 측정하기 어려운 상황이 지속되면 죽음에 대해 생각하기도 합니다. 가까운 가족이나 지인이 하나둘 떠나기 시작하면 죽음을 깊게 생각해봅니다.

죽음을 생각하면 두렵습니다. 사랑하는 사람의 곁을 떠나야 합니다. 죽음 이후에 펼쳐질 세계에 대해 상상하기만 해도 마음이 무겁습니다. 신앙이 있는 사람들은 죽음을 숙명으로 받아들이고 기뻐하기도 하죠. 그러나 죽음 앞에서 나와 상관없는 일이라며 모른 척할 수는 없습니다. 인간이라면 누구나 죽음 앞에 서야 하니까요.

인생의 지혜를 얻은 사람들은 죽음에 대해 생각하는 사람들입니다. 항상 죽음이 가까이 있다고 여기면 좀 더 현명하고 지혜로운 선택을 할 것입니다. 죽음이 가까이 있다고 여기면 오늘 하루의 모든 것이 소중합니다. 흐르는 시간이 아깝고, 사랑하는 이들과 함께하는 시간이 세상 무엇과도 바꿀 수 없는 소중한 것임을 깨닫습니다.

죽음을 생각하며 살아가면 오늘의 삶이 충실해지죠. 더는 내일이 허락되지 않는다고 생각해보십시오. 오늘이 얼마나 소중한 날인지 실감할 수 있을 것입니다. 1초가 아까울 것입니다. 가까이 있는 가족을 향해 내딛는 한 걸음의 가치는 어떤 것과도 비교할 수 없을 것입니다. 그래서 현자들은 죽음을 생각하며 사는 삶의 가치를 조언합니다.

평생 죽음이 임박한 환자들을 관찰하고 연구한 엘리자베스 퀴블러 로스는 『인생 수업』에서 이렇게 말합니다.

"지혜와 명상은 우리에게 젊음이 중요하긴 하지만 언제나 매력적이지만은 않다는 것을 일깨워줍니다. 이런 지혜에는 편안함이 있습니다. 청춘은 순수의 시기인 동시에 무지의 시기입니다. …… 많은 이들에게 젊은 시절의 꿈은 늙은 시절의 후회가 됩니다. 삶이 끝나기 때문이 아니라, 그 꿈을 살지 못했기 때문입니다. 멋지게 나이 들어간다는 것은 하루를, 그리고 하나의 계절을 온전히 경험하는 것입니다. 진정으로 삶을 산다면, 우리는 그날들을 다시 살고 싶어 하지 않습니다."

죽음의 세계에서 일생을 경험한 사람이 보내는 인생의 지혜입니다. 죽음이 멀리 있지 않다고 생각하면 삶은 분명히 달라집니다. 죽음이 인생의 가르침을 준다는 의미입니다.

인문학적인 삶을 살도록 이끄는 세 가지 질문이 있습니다. 첫째는 '나는 누구인가?'라는 질문이고, 둘째는 '어떻게 살아갈 것인가?'입니다. 세 번째는 '어떻게 죽을 것인가?'라는 명제입니다. 인문학은 이 세 가지 질문에 답을 찾기 위한 학문입니다.

나는 누구인지에 대한 답과 어떻게 살아갈 것인가에 대해 답을 찾아야 희망적인 삶의 길을 열어갈 수 있습니다. 하지만 좀 더 의미 있는 삶에 대해 생각하려면 어떻게 죽을 것인가에 대하여 답을 얻을 수 있어야 합니다. '어떻게 죽을 것인가'는 죽음을 맞이하는 방식을 이야기하는 것이 아닙니다. 이 세상을 떠나는 순간까지 탁월함을 추구해 창조적인 삶을 살고 인생을 멋지게 마무리하는 것을 말합니다. 그래서 늘 죽음에 대해 생각하며 나아가야 합니다.

퀴블러 로스는 자신의 마지막 저서 『생의 수레바퀴』에서 죽음을 생각하며 사는 삶에 대한 메시지를 이렇게 전합니다.

"지구에 태어나 할 일을 다 하면 이 세상에서의 마지막 날에도 자신의 삶을 축복할 수 있다. 가장 힘든 과제는 조건 없는 사랑을 배우는 것이다. 죽음은 두렵지 않다. 죽음은 삶에서 가장 멋진 경험이 될 수 있다. 그것은 그 사람이 어떻게 살아가느냐에 달려 있다. 죽음은 이 삶에서 고통도 번뇌도 없는 다른 존재로 이행하는 것일 뿐이다. 사랑이 있다면 어떤 일도 견딜 수 있다. 더 많은 사람에게 더 많은 사랑을 주는 것, 그것이 내 바람이다. 영원히 사는 것은 사랑뿐이기 때문에……."

당신은 지금 죽음이 얼마나 가까이 있다고 생각합니까? 죽음이 가까이 다가오고 있다고 생각하면 오늘이 얼마나 소중하고 값진 것인지 깨달을 수 있습니다. 그렇다면 오늘 삶에서 진정으로 추구해야 할 것들이 보일 것입니다. 그것을 볼 수 있는 지혜가 있다면 우리 삶이 깊어지고 잘 익어갈 수 있을 것입니다. 잘 익은 삶에 성숙이라는 열매가 맺힐 테니까요.

사 라 져 가 는 것 에 대 하 여

영원할 것 같은 것들은
언젠가는 사라지고 떠나가요.

건강이 그렇고
시간이 그렇고
젊음이 그렇고
곁에 있던 가족이 그래요.

사라지는 것에 미련을 가지면 더 괴로워요.
집착하고 매달리면 추해지기만 해요.

그러기에 사라지고 떠나가는 것을
인정하고 받아들이는 연습이 필요한 거예요.

영원히 내 곁에 머물 수 있는 것들이 아니니까요.

내 인생의 겨울이 오면

　추운 겨울이 오면 온 세상이 얼어붙습니다. 흐르는 계곡 물도 얼어붙고, 땅도 꽁꽁 얼어버리죠. 나무들은 앙상한 가지만 남긴 채 생명을 유지하기 위해 안간힘을 씁니다. 찬란하게 꽃을 피웠던 꽃나무들도 겨울을 빗겨 가지 못합니다. 언제 꽃을 피웠는지 잊은 채 볼품없이 대지에 서 있을 뿐입니다. 생명이 도저히 살아갈 수 없는 겨울을 보면 마음마저 차가운 바람이 불어 스산해집니다.

　인생의 겨울도 자연에서 느끼는 현상과 다른 바 없습니다. 온기를 느낄 수 없는 차가운 인생의 겨울은 삶 자체가 고역이죠. 하루의 삶을 살아가는 것이 아니라 마지못해 연명하기에 급급합니다. 어디에서도 희망의 줄기를 찾을 수 없는 겨울은 암담합니다. 숨을 쉬고 있는 순간조차 버거울 정도이죠.

　하지만 세상을 현미경으로 관조하면 이야기가 달라집니다. 모든 것이 숨을 쉴 수 없을 것 같은 차가운 겨울이지만 여전히 생명은 살아 숨쉬고 있습니다. 다가올 봄을 위해 견디고 있다는 표현이 맞을지도 모르겠습니다. 칼날처럼 살을 에는 바람을 견뎌내고 얼음과 눈의 무게를 견뎌냅니다. 냉혹한 현실에서도 생명을 유지하기 위해 나름 치열한 전투를 벌이고 있는 것입니다. 겉으로 보이지는 않지만 아주 조금씩 순을 돋우어내고 싹을 틔우기 위해 살아내고 있습니다. 영원히 지나가지 않을 것 같은 차가운 겨울 동안에도 묵묵히 하루를 살아내고 한 달을 살아내며 겨울을 이겨냅니다. 그렇게 견디다 보면 아지랑이가 올라오는 봄이 찾아오고 앙상한 가지에서는 찬란한 싹이 돋아납니다.

우리에게 찾아온 인생의 겨울도 다르지 않습니다. 비록 눈에 보이는 희망은 없을지라도 오늘의 삶을 견디고 견디다 보면 인생의 봄은 반드시 찾아오기 마련입니다. 겨울을 지내는 생명의 나무들이 봄을 맞이하기 위해 가장 치열하고 의연하게 살아간 것처럼 우리도 의연하게 견뎌내는 것이죠. 차가운 겨울에 싹을 틔우기 위해 애쓰기보다 견뎌내는 지혜가 필요합니다. 그러다 보면 인생의 아지랑이가 피어오를 시기를 맞이할 테고 그때 순을 돋우고 싹을 내면 됩니다.

박완서 작가는 전쟁의 쓰라린 고통 속에서 인생의 겨울을 맞습니다. 오빠 때문이었습니다. 오빠는 한때 좌익으로 활동하다가 서울 수복 후 배신자로 전락합니다. 그 과정에서 온갖 수모를 겪습니다.

1·4 후퇴 때는 텅 빈 서울에 부상당한 오빠와 늙은 엄마, 연년생 아기를 둔 올케와 남겨집니다. 그 과정을『그 많던 싱아는 누가 다 먹었을까』의 마지막 장면에 이렇게 밝힙니다.

"그때 문득 막다른 골목까지 쫓긴 도망자가 휙 돌아서는 것처럼 찰나적으로 사고의 전환이 왔다. 나만 보았다는 데 무슨 뜻이 있을 것 같았다. 우리만 여기 남기까지 얼마나 많은 고약한 우연이 엎치고 덮쳤던가. 그래, 나 홀로 보았다면 반드시 그걸 증언할 책무가 있을 것이다. 그거야말로 고약한 우연에 대한 정당한 복수다. 증언할 게 어찌 이 거대한 공허뿐이랴. 벌레의 시간도 증언해야지. 그래야 난 벌레를 벗어날 수가 있다. 그건 앞으로 언젠가 글을 쓸 것 같은 예감이었다. 그 예감이 공포를 몰아냈다."

인생의 차가운 겨울, 벌레의 시간에서 작가의 꿈을 품은 것입니다. 그리고『나목』으로 화려하게 등단하게 됩니다. 박완서 작가에게 그런 시련이 없었다면 우리는 한국전쟁 중에 겪은 고통을 실감 나게 만날 수 없었을 것입니다.

여기 우리가 살아가는 인생의 의미를 담고 있는 한 편의 시가 있습니다. 푸시킨의「삶이 그대를 속일지라도」라는 시를 통해 인생의 겨울을 견뎌내는 지혜를 배웠으면 합니다.

삶이 그대를 속일지라도 슬퍼하거나 노여워하지 말라

슬픔의 날 참고 견디면 기쁨의 날 오리니

마음은 미래에 살고 현재는 늘 슬픈 것

모든 것은 순간에 지나가고 지나간 것은 다시 그리워지나니

삶이 그대를 속일지라도 노하거나 서러워하지 말라

절망의 나날 참고 견디면 기쁨의 날 반드시 찾아오리라

마음은 미래에 살고 현재는 언제나 슬픈 법

모든 것은 한순간에 사라지지만 가버린 것은 마음에 소중하리라

삶이 그대를 속일 지라로 슬퍼하거나 노하지 말라

우울한 날들을 견디며 믿으라, 기쁨의 날이 오리니

마음은 미래에 사는 것 현재는 슬픈 것

모든 것은 순간적인 것, 지나가는 것이니

그리고 지나가는 것은 훗날 소중하게 되리니

삶이 그대를 속일지라도 슬퍼하거나 노하지 말라

설움의 날을 참고 견디면 기쁨의 날은 오고야 말리니

마음의 창

흐린 날이 계속되면 습한 기운이 엄습해옵니다.
곰팡이가 피고 퀴퀴한 냄새로 기분이 찝찝해지지요.
무겁게 가라앉은 기분은 삶을 사로잡아버려요.
이런 시간이 길어지면 나도 모르게 우울해집니다.

그러다 화창한 햇살이 비추면
언제 그랬느냐는 듯이 생기가 돋아나요.
창문을 열면 퀴퀴한 냄새도
습한 기운도 말끔하게 날아가버리지요.
우울한 기분도 햇살 속으로 사라지고 말아요.

우리 마음에도 우울한 기분이 계속된다면
혼자 골방에 숨어 있지 말아요.
마음의 창을 활짝 열고 햇살이 비추는 곳으로 나가보세요.
우울한 마음은 햇살 하나면 충분하니까요.

내 삶이 글로 남겨진다면

한 번뿐인 인생, 멋지게 살다 가면 그뿐이라고 생각하는 사람들이 있습니다. 그래서 자신이 해보고 싶은 것들을 후회 없이 도전합니다. 성장과 성숙을 위한 것도 있지만 해서는 안 될 일들을 서슴없이 저지르기도 합니다. 해서는 안 될 일들로 자신은 쾌락을 맛볼 수 있을지 모르지만, 가까운 사람들의 두 눈에는 피눈물이 흐릅니다. 새까맣게 가슴이 타들어가도록 만드는 것입니다.

한 인간의 삶이 나 한 사람의 인생으로만 끝나버리면 그렇게 폼 나게 즐기며 살다 가도 괜찮을 것입니다. 하지만 우리의 인생은 누군가의 삶에 영향을 주게 돼 있습니다. 어떻게 살든 역사의 한 페이지를 장식하게 되어 있습니다. 어떤 역사를 써나가느냐는 오롯이 자신의 몫입니다.

인생을 점검하고 성찰하는 데 자서전만큼 강력한 도구는 없는 것 같습니다. 자서전은 내가 이 세상에 있기까지의 과정, 즉 자기 삶의 흔적을 남기는 일입니다. 자신의 가치를 담아내는 일생의 작업이기도 하죠. 자신이 어떤 사람인지 이해할 수 있고 아픔을 준 사람들에게 용서를 구할 수 있는 계기도 제공합니다.

자서전의 생명은 진실입니다. 진실은 있었던 사실은 있었다고 인정하는 힘입니다. 그런데 그것이 어렵습니다. 어느 누가 있었던 사실을 모두 있었다고 이야기할 수 있을까요. 그래서 자서전이 중요합니다. 자기 삶의 이야기를 언젠가 진실하게 풀어내야 한다면 오늘을 허투루 살지 않기 때문입니다.

미국의 독립선언서를 기초한 벤저민 프랭클린은 자서전을 쓰면서 그 의미를 이렇게 말했습니다.

"인생을 다시 산다는 것은 말처럼 가능한 일이 아니구나. 따라서 인생을 다시 사는 것만큼이나 가치 있는 일을 해보고자 한다. 바로 내 지나간 인생을 회상하고 재조명하여 기록으로 남기는 것이다."

자기 이야기를 글로 남기는 작업이 인생을 다시 산 것만큼이나 가치가 있는 일이랍니다. 자신의 삶이 기록되어야 한다는 일념으로 살아가면 허투루 살 수 없습니다. 대대로 물려 내려갈 인생이면 선한 영향력을 끼치는 삶을 살아야 하기 때문입니다. 그러기에 자서전은 그 어떤 일보다 가치가 있는 작업입니다.

그런데 많은 사람이 자서전 쓰기를 외면합니다. 글 쓰는 것이 힘들기도 하지만 자서전은 누군가 알아줄 만한 인생을 산 사람들이 쓰는 것이라는 오해 때문입니다. 이것은 잘못된 생각입니다. 자서전은 누구나 쓸 수 있습니다. 자기가 걸어온 발자취를 되돌아보며 이해하고 성찰의 기회로 삼는 목적이라면 누구든 써도 됩니다.

다음 자서전 서문은 버락 오바마가 서른다섯 살에 쓴 글입니다.

"일반적으로 자서전이라고 하면 기록할 만한 가치가 있는 업적이나 유명한 사람과 나눈 대화 혹은 중요한 역사적 사건에서 자기가 맡은 역할 등을 담는다. 하지만 이 책에는 그런 내용이 하나도 없다. 그리고 자서전이라고 하면 최소한 인생의 국면을 요약하거나 마감하는 내용을 담지만, 이 책은 이런 조건도 만족하게 하지 못한다. 나는 지금도 여전히 세상 속에서 내 길을 헤쳐 가느라 정신없이 바쁘기 때문이다."

이 글을 쓰고 한참이 지난 후 그는 미국 대통령이 되었습니다. 자기 인생을 살펴본 이야기가 대통령이 되는 데 많은 도움이 되었다고 합니다. 한 사람의 인생을 바꿔주는 계기가 된 것입니다.

자서전은 일생을 마감하는 시점에 꼭 써야 할 이유는 없습니다. 10대의 청소년도, 20대 청년도 쓸 수 있는 게 자서전입니다. 젊은 시절에 자서전을 쓰면서 자기 삶을 살핀다면 좀 더 의미 있는 삶을 살 수 있습니다. 지금까지 잘못 살아왔던 일이 보이고, 해서는 안 될 일도 발견할 수 있기 때문입니다.

이 글을 읽는 모든 이들이 자기 삶의 흔적을 글로 남기기를 기대합니다. 자기 삶을 기록으로 남긴다면 누구도 한 번뿐인 인생이라고 함부로 살지는 않을 것입니다. 오늘을 보다 의미 있게 살고 현명한 선택을 하려고 노력할 것입니다. 자신의 쾌락에만 관심을 두지 않을 것입니다. 최소한 그 행동이 미칠 파장 정도는 생각할 수 있습니다. 그런 생각들이 오늘의 삶에 깊이를 만들어낼 것입니다.

불 씨

어쩌면,
나의 작은 도움과 관심이
누군가의 삶을
활활 불태우게 만드는
불씨가 될 수도 있어요.

어쩌면,
내가 사소하게 던진 말이
누군가의 삶을
수렁으로 빠지게 할 수도 있어요.

내가 받았던 도움과 상처를 생각해보며
행동하고 말하기 전에
한 번만 더 생각해보는 것은 어떨까요?

살아 있다면 희망도 있다

희망을 품기 어려운 시대에 살고 있습니다. 여기저기서 희망을 찾아볼 수 없다고 아우성이죠. 학생, 청년, 중년, 노인 모두가 힘겨워합니다. 정치, 경제, 교육을 막론하고 희망을 노래할 수 있을 만한 곳이 없다는 것이 비극으로 다가옵니다. 코로나19로 더 많은 제약이 따르고 기회도 줄어들고 있습니다. 어떤 학자는 우리의 현실을 보며 '아포리아Aporia'로 규정합니다. 아포리아는 그리스어로 '통로가 없는 것', '길이 막힌 것'이라는 뜻입니다. 즉 어떻게 할 수 없는 상태, 암울하고 희망이 없는 상황이라는 것이지요.

'개천에서 용 났다'라고 기뻐했던 때가 있었습니다. 어떤 환경에서든 자신이 걸어갈 길에 최선을 다해 노력하면 기회가 주어졌고 그 분야에서 우뚝 설 수 있었습니다. 학연, 지연, 혈연을 떠나 실력 하나로 성공적인 인생을 살 수 있었죠.

하지만 지금은 개천에서 용이 날 수 없는 시대라고 한탄합니다. 학연, 지연, 혈연으로 쳐놓은 굳건한 장벽이 그렇고, 부의 대물림으로 기회를 얻기가 너무 어려워졌습니다. 그러다 보니 아포리아의 현실을 뚫고 나갈 만한 용기와 힘을 점점 더 상실하고 있습니다.

희망이 없는 것만큼 절망적인 것이 있을까요? 추운 겨울을 견뎌내는 힘은 반드시 봄이 찾아올 것을 알고 있기 때문입니다. 앙상한 가지만 남아 있어도 견뎌낼 수 있는 것은 마른 가지에서 순이 돋고 싹이 날 때가 오리라는 것을 알기 때문이지요. 절망적인 상황에서도 희망을 바라볼 수 있기에 살아갈 수 있는 것입니다. "왜 살아야 하는지 아는 사람은 그 어떤 상황도 견딜 수 있다"라는 니체의 말처럼 희망은 견딜 힘을 제공합니다. 그러기에 우리는 암울한 현실이지만 희망을 노래해야만 합니다.

고대 로마의 정치가 키케로는 희망을 노래하며 살아가기 위해서 이런 말을 했습니다.

Dum spiro, spero(숨 쉬는 한, 나는 희망한다).

숨을 쉬고 있는 순간에 우리는 희망하고 그 희망을 쟁취하기 위해 힘쓰는 인생을 살아야 합니다. 그것이 우리에게 주어진 숙명이고 거부할 수 없는 진리라는 것이지요.

암울했던 역사를 되돌아보면 알 수 있습니다. 한 나라의 독재자로부터 자유를 얻고 해방될 수 있었던 것은 희망을 포기하지 않고 투쟁했기 때문입니다. 그래서 우리는 투쟁해야 합니다.

그렇다면 어떻게 투쟁해야 할까요?

먼저 내면의 힘을 키워야 합니다. 자신이 누구인지 어떤 방향을 향해 달려가는지, 어떻게 살아갈 것인지, 어떻게 죽음을 맞이할 것인지에 대한 답을 찾는 과정에서 내면의 힘은 생깁니다. 변하지 않는 현실에 원망을 늘어놓고 불평하는 게 아니라 다시 한번 내면을 살펴 나아갈 힘을 비축하고 만들어야 합니다. 그럴 때 삶의 변화를 위한 힘이 생기고 용기를 가지고 나아갈 수 있습니다.

더불어 우리가 관심을 가져야 하는 곳은 사회입니다. 우리는 사회라는 공동체에서 살아갈 수밖에 없으므로, 사회에 희망이 없으면 개인의 희망도 없습니다. 사회 현실을 진단하고 그 해결책을 이야기한 책 『희망, 살아 있는 자의 의무』에서 지그문트 바우만은 이렇게 말했습니다.

"새로운 시대에는 이전과는 다른 삶의 양식과 사회적 비전이 필요하지요. 그리고 진정한 배움이란 실패의 위험을 감수하는 결단이며, 견고한 지평을 뒤흔드는 도전이어야 합니다. 이상하게 들릴지 모르겠지만, 바로 이 지점에 희망이 자리하는 것입니다. 시대는 끊임없이 바뀌지만, 그 속에서 누군가는 끝없이 파도를 거슬러 헤엄치고자 노력했고, 당대의 지배적 사유를 거스르고자 하는 노력을 포기하지 않았지요. 역사상 가장 중요한 도전에 직면해 있는 지금, 우리는 혁명적 배움과 삶의 기술을 체득하여 닿을 수 있는 미래를 향한 희망의 싸움을 멈추지 않아야 할 것입니다."

아무리 길이 보이지 않는다고 해도 희망의 싸움을 멈추지 말아야 한다는 것입니다.

『삼총사』의 저자 알렉상드르 뒤마도 원하는 목적을 달성할 때까지 인내하는 힘 또한 필요하다고 말합니다.

"신이 인간에게 미래를 밝혀주실 그날까지 인간의 모든 지혜는 오직 다음 두 마디 속에 있다는 것을 잊지 마십시오. 기다려라! 그리고 희망을 품어라!" 이 말의 의미를 되새기며 오늘을 살아갔으면 합니다.

마지막으로, 희망은 숨을 쉬고 있는 동안에 품을 수 있는 불씨입니다. 숨을 멈추는 순간 희망은 사라지고 맙니다. 어떤 어려움과 고난 속에서도 살아 있는 한 희망할 수 있습니다. 그래서 우리는 오늘을 단단히 붙잡고 살아내야 합니다.

마침표, 함부로 찍지 마라

하나의 완성된 글이 되려면
마침표가 있어야 합니다.
마침표가 없는 글은
아직 살아 있는 글이죠.
가능성이 남아 있는 것입니다.
하지만 마침표는 끝을 의미합니다.

글에 마침표가 필요한데
우리는 삶 속에서 너무 많은 마침표를 찍고 삽니다.

사람과의 관계에서,
꿈을 향한 도전에서,
고난을 극복하는 과정에서,
살아 숨 쉬어야 하는 삶에서.

마침표는 문장에서만 사용해야지
삶에서는 사용을 금지해야 하는 부호입니다.

결혼한 지 21년째, 작가의 아내로 산 것은 11년째입니다. 작가가 될 거라고 1퍼센트도 생각해본 적 없는 남자와 어려서부터 단 한 번도 작가가 꿈인 적이 없던 여자가 만나 글을 썼습니다. 11년 전 남편의 첫 책이 나오고 나서 쓴 글을 읽고 고치고 조언하는 일을 해왔습니다. 그러나 내가 글을 써야겠다는 생각은 하질 못했습니다. 내 영역의 일이 아니라고 생각했고 남편의 치열하고 때론 처절한 글쓰기를 봐왔기에 더 자신이 없었나 봅니다.

그러다 20년 넘게 해온 저의 일을 통해 번아웃이 왔습니다. 그냥 쉬어야 했습니다. 어떻게 쉴지 몰라서 그냥 시간을 보냈습니다. 글을 써보라는 남편의 반강제적 제안에 나 자신을 뒤돌아보고 싶은 마음과 그냥 뭐라도 하고 싶은 생각으로 글을 쓰게 되었습니다. 주저리주저리 평범한 이야기가 책으로 나오는 기적을 봅니다. 남편의 수

고가 더해진 결과입니다.

어느 때든 삶이 흔들릴 수 있는 순간이 오게 됩니다. 정신적이든 육체적이든, 아니면 환경적인 요인이든 간에 갈 길을 찾지 못하는 일을 경험할 수 있습니다. 이럴 때 우리는 무엇을 할 수 있을까요? 아니 무엇을 해야 할까요?

번아웃이 왔을 때 제가 한 일은 질문을 하는 것이었습니다. 나는 어떤 음식을 좋아하지? 나는 무엇을 위해 살지? 진짜 원하는 삶은 뭐지? 사소한 것에서부터 삶의 목적을 묻는 말까지 많은 질문을 던졌습니다. 답을 찾은 것도 있고 지금도 찾고 있는 것도 있습니다. 어떤 답은 이 땅에서는 찾지 못할 거라는 깨달음이 있습니다.

꼭 답을 찾아야 하는 것은 아닙니다. 너무 힘들 때, 주저앉고만 싶을 때 질문을 해보세요. 환경 때문이든 마음의 문제이든 그 속에서 누군가 대답하는 소리를 듣게 될 것입니다.

열심히 살아왔기에 지금은 지치고 힘들 수 있다는 소리를 가슴에 담았습니다. 초라하고 볼품없어진 나를 조금 더 사랑하고 있는 그대로 받아들일 수 있었습니다.

한번 마음먹으면 끝까지 해내는 남편이, 마음먹기도 힘들고 쉽게 움직이지 않는 여자와 작업하는 일이 힘들었을 것입니다. 좋은 남편이자 같은 곳을 바라보는 인생의 동반자로 곁에 있음에 감사합니다.

삶의 기쁨과 행복이고 하늘의 귀한 선물인 한결, 은결, 성결에게도
감사합니다. 가족, 친구, 교회 식구들, 나를 아는 분들께 감사합니
다. 어느 시처럼 나를 키운 건 8할이 이들의 사랑과 관심과 기도였
습니다.

　어둠 가운데 빛이시고 위로자이시고 힘이 되신 나의 주 하나님께
감사 감사드립니다.

이미영

나에게 나를 물어봅니다

1판 1쇄 찍음 2020년 12월 9일
1판 1쇄 펴냄 2020년 12월 16일

지은이 임재성 · 이미영
펴낸이 조윤규
편집 민기범
디자인 홍민지

펴낸곳 (주)프롬북스
등록 제313-2007-000021호
주소 (07788) 서울특별시 강서구 마곡중앙로 161-17 보타닉파크타워1 612호
전화 영업부 02-3661-7283 / 기획편집부 02-3661-7284 | 팩스 02-3661-7285
이메일 frombooks7@naver.com

ISBN 979-11-88167-39-5 (03810)

이 도서의 국립중앙도서관 출판예정도서목록(CIP)은 서지정보유통지원시스템 홈페이지(http://seoji.nl.go.kr)와 국가자료공동목록시스템(http://www.nl.go.kr/kolisnet)에서 이용하실 수 있습니다. (CIP제어번호 : CIP2020050624)